C'EST LA FAUTE À BONO

PIERRE **GAGNON**

C'EST LA FAUTE
À BONO

am*É*rica

Catalogage avant publication de Bibliothèque et Archives Canada

Gagnon, Pierre, 1957-

    C'est la faute à Bono

    (AmÉrica)

    ISBN 978-2-89428-964-8

    I. Titre. II. Collection: AmÉrica (Montréal, Québec).

PS8613.A453C47 2007   C843'.6   C2006-942293-1
PS9613.A453C47 2007

Les Éditions Hurtubise HMH bénéficient du soutien financier des institutions suivantes pour leurs activités d'édition:

- Conseil des Arts du Canada
- Gouvernement du Canada par l'entremise du Programme d'aide au développement de l'industrie de l'édition (PADIÉ)
- Société de développement des entreprises culturelles du Québec (SODEC)
- Programme de crédit d'impôt pour l'édition de livres du gouvernement du Québec

Illustration de la couverture: Polygone Studio
Maquette de la couverture: Olivier Lasser
Maquette intérieure: Lucie Coulombe
Mise en page: Martel en-tête

Copyright © 2007, Éditions Hurtubise HMH ltée

Éditions Hurtubise HMH ltée   Librairie du Québec / DNM
1815, avenue De Lorimier   30, rue Gay-Lussac
Montréal (Québec) H2K 3W6   75005 Paris FRANCE
                           www.librairieduquebec.fr

ISBN 978-2-89428-964-8

Dépôt légal: 1er trimestre 2007
Bibliothèque et Archives nationales du Québec
Bibliothèque et Archives du Canada

Imprimé au Canada
www.hurtubisehmh.com

Rémission

Mot de neuf lettres, inventé par je sais pas qui. Ça signifie : bonne chance mon vieux, fais de ton mieux et arrange-toi pour qu'on ne te revoie pas ici avant... cinq ans.

Le cancer allait changer ma vie;
pas celle des autres.

Tout était prêt pour mon retour, la petite fête, les confrères, consœurs, les cons tout court.

«Bon ben maintenant, au travail!»

Quel travail? Après une semaine à ouvrir et fermer mon ordinateur matin et soir, je suis allé trouver mon superviseur.

— Luc, qu'est-ce qui arrive?

— Tu veux dire?

— Heille! Je suis là depuis cinq jours maintenant et j'ai toujours rien sur mon bureau. C'était pas comme ça avant.

— Avant?

— …

— …

— OK, disons qu'on veut pas trop t'en donner pour le moment. Tu viens tout juste d'arriver après tout, on voudrait pas... Tu comprends?

— Alors quand, Luc? Quand est-ce que la vie normale va reprendre pour moi? À ma rechute?

— Quoi? Une récidive, déjà? Assieds-toi mon vieux, tu sais que tu peux tout me dire.

Et on a continué comme ça pendant une heure, naviguant entre l'insécurité de mon patron et mon souhait de redevenir un être humain réglo. Luc essayait de m'aider en me nuisant, comme tous les autres. Le retour après un cancer se paie... Combien? J'allais le découvrir durant les prochains jours, semaines, mois.

«Pas trop pour lui, ça pourrait le fatiguer», l'affaiblir, le tuer. Un peu plus et on m'envoyait rejoindre Gilles Carle sur l'île Verte. Je sentais qu'ils étaient sur le point de me proposer: gardien de nuit dans un musée.

Pendant les pauses, c'était pas mieux. Tout le monde s'efforçait de me distraire.

— T'as pris le Canadien hier?

Crisse, j'haïs le hockey depuis que j'ai deux ans. Le golf et le baseball avec: tout ce qui batte.

Heureusement, il y avait Monique. Partout Monique, dans l'ascenseur, à la pause-café, avant sa réunion, après. Elle disait rien, Monique, pas un mot. Elle était là, c'est tout.

— Cou-donc, Monique, t'as-tu déjà été infirmière?

— Ben non, pourquoi tu demandes ça?

— Pourquoi je demande ça? Parce que tout le monde autour se surpasse en maladresses pour essayer de me mettre à l'aise, c'est pour ça que je demande ça. Monique, toi, tu... t'es... tu sais, Monique...

Je sentais le barrage sur le point de céder, le torrent de larmes n'était pas bien loin. La grosse boule, pas celle que les médecins m'avaient enlevée mais l'autre, celle qui avait grossi dans ma gorge depuis les douze derniers mois ; ben elle était toute prête à sortir, là ici maintenant, en pleine cafétéria, devant public. Alors que j'essayais, depuis mon retour, de faire bonne figure devant tout le monde et de leur montrer une fois pour toutes qu'il n'y avait pas seulement Koivu pis Armstrong qui avaient été forts. Que n'importe qui pouvait réussir l'impossible quand...

Quand la chance et la médecine se mettent de ton bord, la voilà, la vérité.

J'étais en train de tout bousiller devant Monique, devant le seul être humain à me traiter comme son égal. Je me contenais, limite, j'allais bientôt exploser.

Au niveau médical, ça allait, je savais à quoi m'attendre, OK. Au niveau de la réinsertion sociale, ce fut une autre paire de manches. J'allais découvrir, durant les prochains mois, toute la signification et tous les sous-entendus du mot «rémission».

Reconquérir ses amis, ses vêtements, la forme physique qui tarde à se pointer (reviendra-t-elle?) et recommencer à faire semblant de trouver normales les jokes de cul des confrères, les plaintes et autres discussions stériles à propos de l'argent, la météo, les vacances en août plutôt qu'en juin. L'ordinaire.

Quand on débarque de la planète cancer, c'est immanquablement un atterrissage forcé.

Pas préparé pantoute. Habitué depuis des mois à voir des enfants mourir, des parents pleurer, des médecins ne rien dire tellement tout a été dit et... soudainement, on est parachuté sans parachute, là où on était avant. Mais avant n'existe plus, ou presque... si peu.

Non mais, j'étais-tu aussi cave qu'eux?
Non, t'étais pire!
La voilà, la triste réalité.
Arrange-toi avec, maintenant.

Suis-je en dépression? Sans doute, mais trop occupé à récupérer, à aimer la vie, à écrire un second livre, peut-être, pour plonger dans le flacon d'antidépresseurs. Trop vivant aussi... Trop vivant pour être mort, mort de peur, de chagrin ou de bêtise.

Faut que j'arrive à me contrôler et non à contrôler les autres. Je peux quand même pas leur demander à tous de s'excuser. C'est pas leur faute si j'ai été malade. Après tout, ils ont bien droit à la connerie, aux jokes de cul, à la photo d'une Lexus sur leur bureau.

Pour moi maintenant, c'est différent, j'en veux plus de bagnole, j'prends l'autobus, mon vélo, je marche.

— As-tu encore ta...?

— Non, je l'ai vendue.

— Pis ton...?

— Non plus, m'en servais pas.

— Pis...?

— Na, j'suis locataire, maintenant.

Je vois bien qu'ils ont l'impression de parler à un mutant.

Plus de tondeuse, de châssis doubles, d'abris d'hiver pis de compte de taxes.

C'est peut-être ça, guérir.

On est là tous les deux, monsieur Labonté et moi, à se congratuler l'un l'autre.

— J'en reviens pas, ça fait combien de temps, deux ans déjà? Vos cheveux... sont tout frisés, j'allais pas être foutu de vous reconnaître. Ce sont vos lunettes qui vous ont trahi, monsieur Labonté.

— Vous aussi, vous avez changé, vous avez perdu du poids. Dites donc... ça va?

— Ouais, ouais, ça va. C'est le vélo qui fait ça, en tout cas je l'espère. À part ça…?

On est assis côte à côte dans la salle d'attente en radio; lui pour des acouphènes que l'on croit causés par la radiothérapie au cerveau et moi pour une tache sur un poumon, qu'ils tentent d'identifier.

Comme des anciens combattants, on se remémore les longs mois passés quelques étages plus haut. Les étourdissements, les aiguilles, les solutés et… les autres.

— Madame Picard, vous vous souvenez?

— L'autre, le grand maigre qui pleurait tout le temps?

— Nathalie, la belle Nathalie? Elle arrivait à vélo, elle aussi, beau temps mauvais temps, souvent elle traînait une boîte de crackers dans son sac à dos, pour ceux qu'avaient des nausées. Toujours la première à s'informer de l'état de tout le monde, avant même de se changer.

— Vous l'avez revue, la belle Nathalie?

Il fait un petit signe de l'index pendant qu'il prend une gorgée de café brûlant.

— Décédée, Nathalie… y a six mois.

— Six mois?

Au fond de moi, je voulais hurler «Crisse, non!» Mais c'est un «Six mois!» tout con qu'est sorti, comme si je me devais d'être surpris. Pauvre plouc égoïste, va, t'es en vie, croyant que tous les autres le sont. Gros… gros tas de rémission, tiens, on s'en reparle dans cinq ans.

Je me flagellais de l'intérieur, vieille coutume judéo-chrétienne.

Ils ont appelé mon nom à l'intercom, j'ai serré la patte à Labonté. Les yeux dans les yeux durant quoi, une ou deux secondes au plus, et ce sont six mois de calvaire qui sont passés comme un éclair dans nos regards.

Il a rien trouvé de mieux à faire pour s'empêcher d'éclater en sanglots que de s'essuyer les doigts collés de café, puis il a dit :

— J'ai pris ma retraite… pis chu ben content, et vous ?

— Non, moi…

J'allais lui dire «toujours chez Michou» lorsqu'ils m'ont appelé pour la deuxième fois.

— Allez-y, allez-y, on s'en garde pour la prochaine, qu'il me dit.

La prochaine fois, oui.

Nathalie… Calvaire !

Pendant que la préposée me scanne la poitrine, je pense à celle de Nathalie.

— Le radiologiste enverra les résultats à votre médecin, vous pouvez vous rhabiller.

Trois heures après y être entré, j'étais sorti de là, mais toujours zombie.

Max était déjà en pleine mouture quand je suis arrivé chez lui, le bruit que faisait le moulin était infernal, et il gueulait par-dessus :

— Y VA ÊTRE ÉCŒURANT!!

À la tête que je me traînais sur les épaules, il a compris que, peu importe la teneur en *crema* de son prochain *ristretto*, j'étais pas parti pour chanter «Pousse l'ananas et mouds le café»!

Plus tard, il a fermé son engin diabolique à broyer les grains, puis nous avons eu ce genre de discussion qu'ont les vrais amis. Assis face à face dans la cuisine, on a tapoché de la mort sous tous ses angles. On a parlé des gens qui partent on sait pas où, mais qu'on aurait donc aimé qu'ils laissent une adresse parce qu'il y avait une dernière petite chose qu'on aurait voulu savoir ou qu'on aurait aimé leur dire.

— Ça s'appelle la mort, pis on y peut rien, a dit Max. Faudrait que les survivants comprennent ça. Plus que les autres, même; c'est pas parce que vous avez réussi à vous en sauver une fois que ça vous rend immortels. Faudrait que vous acceptiez de voir partir ceux que vous avez côtoyés.

— Tu veux dire, comme le font les vétérans?

— Comme les vétérans, oui.

T'as peut-être bien raison, mon bon Max. Faudrait peut-être qu'on arrête de faire chier les autres avec nos histoires de chauves et qu'on se botte le cul pour se reprendre en main. Le deuxième effort, comme disent les sportifs.

C'est peut-être ce qui rend la rémission si pénible, après tout. Même si on est vivant et avec ceux qu'on aime.

— P'têt qu'on devrait porter le béret pis le coquelicot !

Max semblait ému de me voir pleurer.

— Excuse-moi, j'ai peut-être été un peu trop sévère.

Il s'est levé et il est venu m'embrasser sur le front. Il a dit :

— Allez, de toutes façons, on va pas guérir personne avec ce genre de discussion, hein ?

J'ai essayé d'enfiler une réponse intelligente, j'ai échoué, c'est sorti tout croche...

— Je... je l'accepte, Max, j'accepte... plus que tu ne le penses. Mais... Nathalie.

— C'est qui, Nathalie ?

Il voyait bien que j'en avais lourd sur le lard.

J'ai respiré un grand coup avant d'y retourner pour le deuxième essai.

— Peut-être que tu as raison, ami. Peut-être bien que l'on porte avec soi tous ces fantômes bien inutilement. Sur des kilomètres et des kilomètres le long de l'autoroute de la survie, balisée : attention, courbe dangereuse !

Max m'écoute, il ne dit rien. Je veux quand même pas emmerder la planète avec ça, n'empêche, Max, si tu savais !

Nathalie était une infirmière.

Une semaine, un mois, trois mois, fuck !
Toujours rien sur mon bureau.

— Écoute, Luc, c'est pas normal, tout l'monde autour a la broue dans l'toupette, pis moi j'suis là à glander. Qu'est-ce qu'on fait ?
— Qu'est-ce tu veux que j'fasse, mon vieux ?
— Plus confiance en moi ?
Il fait signe « sais pas » en haussant les épaules.

La vie est courte, j'retourne à mes anciennes amours. De mon bureau, je compose un des nombreux numéros de Pedro.
— Tu m'engagerais ?
— Hummm… pas trop de boulot, ces temps-ci, mon vieux.

Qu'est-ce qu'ils ont tous à m'appeler « mon vieux » depuis quelque temps ? J'avoue que si ça continue comme ça, les événements vont leur donner raison.

J'insiste :
— Pas même à la pige ? Trois jours semaine, deux, un soir, dimanche a.m. entre deux messes ?
Il rigole.
— C'est pas ça, c'est... La commission d'enquête sur le gaspillage des agences de pub... C'est rien pour nous donner de l'ouvrage, tu sais.

Bien sûr, pourquoi j'y avais pas pensé ? Le business était sur le cul, c'est pas parce que je revenais chez les vivants que le monde entier allait m'allonger des chèques.
La cruelle réalité était là, avec ses millions perdus, ses comptes de dépense et ses balles de golf.
J'haïs le golf, je le répète, un ti-peu plus que le hockey même, une vieille maladie que je traîne depuis bien avant les commandites.

— Merci pareil, Pedro.
— Hey !... Pas de connerie surtout, hein ?
— ... qu'est-ce tu veux dire «pas de connerie» ?
— ... ben. T'es OK ?
— ...
— ...
— ...fuck, Pedro, t'es pas sérieux ! Tu veux dire connerie, comme dans mort ?
— Non, pas nécessairement...

— Pas nécessairement mais un peu peut-être ? Pedro, tu devrais nécessairement savoir que ton ami a nécessairement mis la mort de côté pour un moment.

— Oui, je sais, non, je voulais pas dire ça.

Pedro a toujours eu cette facilité déconcertante à insérer deux contraires dans une même phrase. Non, j'pense que oui. Oui, je sais, non, c'est pas ça.

Il s'agit d'une technique de vente, je crois, sais pas, faudra que je lui demande un jour.

— Bon, écoute, je t'aime pareil, mon Pedro, déprime pas pour ça, je...

— Mon autre ligne sonne, j'te rappelle, t'es chez toi ce soir ?

— Ou sur le Jacques-Cartier !

— ...

— Hihihi.

— 'es... 'as drôle.

Même sa ligne m'abandonnait, cellulaire de merde !

J'ai ramassé mes affaires mais pas trop. Sans vraiment y croire. Je reviendrai chercher le reste demain. J'suis passé par la cuisine du bureau, Monique m'a lancé un cri. J'aime ça quand Monique crie.

— J'ai fait un pain aux bananes, je t'en ai gardé un morceau.

— MO-NI-QUE.

J'ai mis ma tuque et j'ai marché jusqu'à la maison.

J'entendais l'hymne à la joie, je humais la banane. Y faisait automne dehors comme en dedans. J'ai allumé les lumières et j'ai monté le chauffage. J'ai ouvert le frigo : un reste de sauce tomate, du lait pis des oranges. J'ai mis le pain aux bananes au travers pour faire un arrangement automnal. Ça faisait Halloween, finalement.

J'ai pris une bonne douche chaude, Radio-Canada FM, un quatuor de Haydn, le téléphone a sonné. Peut-être Pedro qu'est sur le pont pis qui me trouve pas. S'inquiète…

— C'est Max, qu'est-ce tu fais ?

— J'attends la gloire. T'es où ?

— J'suis en vélo pas loin de…

— Max !

— S'cuse, fallait j'freine. Pas loin du pont…

— Dis, tu vois pas Pedro dans les alentours ?

— Pedro est ici ? Pour faire quoi ?

— Inspection avant achat !

— Le pont Pedro. C'est vrai que ça ferait moins long que Jacques Cartier.

— Aussi long à traverser mais plus court à identifier.

Je me faisais penser à lui quand il dit non oui dans la même phrase.

— T'as des projets pour le souper ?

— Sauce tomate, pain bananes, café au lait.

— …

— Allô, t'es là? Ça te dit quelque chose, mon Max?

— Ouais… J'sais juste pas quoi apporter comme vin avec ça.

— Demande au conseiller de la SAQ pis amène-toi.

— J'arrive.

Plus tard… Beaucoup plus tard, lorsque Max est reparti, on avait un plan. Plus de vin mais un plan. La sauce tomate et le pain aux bananes étaient restés intacts. C'est ce que j'aime de ce garçon: il débarque chez vous avec une bouteille de vin et des projets. Il repart en laissant tout un tas de solutions et pas de vaisselle à laver.

— Pense à ça pis rappelle-moi, qu'il a dit avant de descendre l'escalier plein de neige.

— Promis, j'y pense. Te casse pas la gueule, en attendant, tu veux bien?

— Oui, maman.

J'ai essayé de dormir, rien à faire, trop excité par les plans de Max. Je me suis relevé pour prendre une tranche de pain aux bananes, j'ai semé des graines partout dans le lit. J'ai essayé de me changer les idées.

Je bouffe en pensant à Monique, je pleure en pensant à Nathalie.

J'ai peine à apercevoir Max derrière son bureau. Des montagnes de maquettes, de croquis, de pièces de circuits imprimés y défient le principe de l'équilibre. Je l'entends qui dit:

— T'en as de la chance, toi.

— Pourquoi? Parce que ma table de travail est immaculée? Parce que les confrères ne me regardent plus? T'appelles ça d'la chance, toi? On dirait qu'ils attendent que ça recommence.

— Recommence quoi?

— La maladie, qu'est-ce tu penses. Je les soupçonne d'avoir pris des gageures!

— Ben non, voyons.

— Ben non, peut-être.

— Woh!!! J'ai voulu dire: t'as de la chance de ne rien avoir sur ton bureau parce qu'ici...

Max travaille chez Ubisoft depuis un bout. Sa table de travail donne l'impression de contenir à elle seule tous les projets internationaux de la compagnie. Mais c'est juste une illusion. Comme le sont les jeux sur lesquels il planche. Les personnages semblent plus vrais que vrai, quand ils s'aiment, quand ils se tuent surtout. Ils se tuent plus souvent qu'ils s'aiment, j'ai cru comprendre, mais bon, je connais rien aux jeux vidéo.

Nous sommes descendus au rez-de-chaussée pour prendre un café.

— Bouach!! Dégueulasse, le café, Max, comment tu fais pour boire ça chaque jour?

— Justement!

Il me regarde en souriant. Il avait pas touché au sien. Conspiration.

Le plan sur lequel il travaillait depuis un certain temps était le suivant. Max en avait marre de faire s'aimer et ensuite se tuer des millions de pixels. Il avait, chez lui, une vieille LaCimbali à piston qui chaque matin le suppliait pour reprendre du service et préparer le meilleur café au lait en ville. C'est pour cette raison qu'il souriait de me voir grimacer en avalant le jus infect que l'Hindou avait préparé pour moi en demandant «n'éthing else?»

No, thank-you, lindou!

— Le meilleur café en ville, répétait Max.

— Y en a plein et partout, des cafés.

— Naaa! Aucun comme le mien.

— On est pas en Floride. Voir si l'monde va se geler en attendant un cappuccino sur le trottoir.

Il avait pensé à tout, ce programmeur en herbe. La roulotte de Max serait le premier café mobile en ville.

— En Australie, ils appellent ça un *Coffee Cart*. J'te prédis un succès fou, un jour on va vendre des franchises.

Prévoyant prendre le marché des Italiens pour ensuite voir McDo se prémunir de la loi contre les créanciers, Max rêvait.

— Tu la connectes comment, ta Cimbali?

— T'as remarqué à l'avant? Y a la prise pour le gaz. On a qu'à prendre entente avec certains commerces voisins pour le reste: électricité, frigo, lumières.

— Le gaz?... Tu vas l'appeler comment, ton café? Auschwitz?

— T'es malade! C'est une subvention du provincial que je veux, pas un procès du B'nai Brith.

— Le provincial subventionne des cafés?

— Comment elle s'appelle, la femme de Charest?

— Me... Mich... Michou!

— C'est ça. Michou.

Fait que: le premier café mobile en ville allait s'appeler MICHOU CAFÉ.

Je suis retourné chez moi la tête pleine de grains de café, quand je marchais ça faisait ketic-ketac. C'était peut-être le moment de changer de vie, après tout. Après tout ça.

Sacré Max, je me suis remémoré son appel à la suite de mon dernier traitement.

C'était le soir, je rentrais de l'hôpital, j'étais trop énervé pour dormir et trop magané pour faire la fête. J'avais décidé de rebrancher mon téléphone et de répondre aux nombreux appels. Il y en aurait, j'en étais sûr. Tiens, un premier.

— Tu vas pas te coucher comme ça, quand même? Ta dernière chimio... C'est terminé, faut fêter ça. J't'envoie une limousine.

C'était Pedro.

— T'as gagné, mon Pedro, c'est toi le premier appel. Qu'est-ce t'aimerais comme prix?

— Laisse faire le prix, c'est ta fête à toi. Je suis au resto avec France, prépare-toi, on va te chercher.

— Je t'aime, Pedro, mais bon sang que tu comprends rien. J'ai autant d'appétit qu'une mouche morte dans un bocal de miel. Je...

— Tu boiras du champagne, d'abord...

— J't'embrasse, ta France avec.

Je passe à un autre appel.

— Caroline! C'est toi?

— Tu dormais pas, j'espère!

— Jamais en parlant à ma sœur au téléphone.

— Aïe, tu dois être content, hein? Aïe, tu dois être fatigué, hein? Aïe, tu dois te dire, finis les maux de cœur... Tu dois être bien, hein?

— Content... fatigué... bien... Salut, je te téléphone demain.

Fuck, y sont dangereusement en forme, ces deux-là, c'est quoi leurs pilules que je place une commande? Parce que j'ai un long, très long faux-plat à remonter, moi.

OK, j'en prends un dernier, après j'essaie de dormir.

— Allô !

— Oui. Ici, c'est l'hôpital, c'est pour dire qu'on s'est trompé, y reste encore un mois de traitement.

— T'es le plus drôle, Max, vraiment c'est toi qui gagnes.

— C'est beau, mon vieux, je voulais juste te dire…

— Allô, Max ?

— Oui… Chu là… Je…

— On dirait que la transmission est pas bonne, mon Max…

— C'est pas la transmission. C'est moi qui est pas bon…

Max pleurait comme une moumoune, y avait d'la misère à placer un mot devant l'autre : tout croche, le pauvre.

— CRISSE QUE J'SUIS FIER DE TOI, MON FRÈRE.

C'était sorti comme ça, en vrac, mais c'était ce que j'avais entendu de plus beau depuis des semaines, des mois, peut-être même plus.

— Moi aussi, je suis pas mal fier de t'avoir comme ami, mon Max. Je t'embrasse. Passe une bonne nuit, on se parle demain.

— … … … …

Après ça, j'étais plus capable d'en prendre. Mon ti-cœur, y était trop plein. J'ai déconnecté, je me suis servi un grand verre d'eau, que j'avais peine à boire tellement le goût de métal sucré était toujours présent. J'ai enfilé un pyjama, j'avais froid. Je suis entré sous les draps et, à mon grand plaisir, ceux-ci ne sentaient pas le désinfectant au citron comme ceux de l'hôpital.

Au moment de mettre la tête sur l'oreiller, j'ai levé le poing devant ma face, comme ils font quand ils viennent de scorer. Voilà, c'est tout. C'est la seule manifestation de bonheur que je me suis accordée. Comme quoi les survivants sont des gens simples, et épuisés.

On l'a trouvé sur Internet :
IDÉAL POUR DEUX PERSONNES, PROPRE, ÉCONOMIQUE, VENTE RAPIDE.
À neuf heures samedi matin, on était là. À dix heures, on était devenus propriétaires d'une magnifique roulotte.

— C'est-tu assez rapide à votre goût ? a demandé Max à l'Italo-vendeur.

— Ma femme pis moé l'a faite des maudits beaux voyages là-d'dans, insistait monsieur Rafaeli.

S'imaginait peut-être qu'on allait convoler en justes noces, Max et moi. Pas grave, mais « tou vas payer moé avec l'argent pas la chèque, hé ? » Y a quand même des limites à l'accommodement raisonnable.

— Madona Santa !

Madame était restée à l'intérieur de la maison, parce que trop émue. Elle jetait un coup d'œil rapide par la fenêtre de sa cuisine pour voir où en étaient les négociations. Lorsqu'elle a vu Max sortir l'enveloppe contenant les cinquante coupures de vingt, elle a compris que cette fois, c'était fini.

— Madame Rafaeli, risquai-je, ça lui fait pas un p'tit quelque chose de voir partir sa roulotte?

— Aaaah, monsieur, mon femme y pleuré tout le temps, mé qu'à c'est tou veux? Madona Santa!

Pour un vélo, c'était trop lourd; à deux on y arrivait. Pas un tandem, non monsieur. Un ami nous a fabriqué un attelage double qu'on a fixé sur nos vélos de montagne. On a descendu Saint-Laurent jusqu'à Bernard à cinq heures un samedi matin, pour des raisons de sécurité, avançait mon associé cycliste. Près de Van Horne, l'ami en question tient un atelier de mécanique. Il nous a fait un p'tit coin au chaud, où on transformera la petite chapelle italienne sur roues en café mobile — pardon! le *premier* café mobile en ville. Max explique:

— C'est pour le marketing, tu comprends, faut insister sur le mot premier.

On croirait entendre Pedro.

Alors voilà comment je me suis retrouvé sept soirs semaine à repeindre l'intérieur de Michou. Elle ne semble pas s'en plaindre.

— La graine, c'est tout ce qui compte, raconte Max entre deux coups de pinceau. Le robusta, c'est pour la crème sur le dessus. Le mélange idéal, c'est Arabica AA ¾, Robusta ¼. Les Italiens arrivent au meilleur café de cette façon.

— Ta graine, tu la prends où ? On aurait dû demander à monsieur Rafaeli, tiens, y avait peut-être des relations.

— J'ai trouvé tout plein d'adresses de fournisseurs sur le Net. Pas de problème avec la bean. Tony peut faire la torréfaction pour les premiers mois, le temps qu'on trouve la machine pour le faire nous-mêmes.

Je peinturais en me demandant dans quoi on s'était embarqués, lui et moi.

Madona Santa !

Le matin suivant, il neigeait, il neigeait pas mal. J'étais en route direction chez Michou. La voiture qui me double décide de tourner à droite, j'ai tout juste le temps de dire tab... J'ai dû freiner trop raide, j'suis parti à droite, le vélo à gauche. Le chapelet d'automobiles a réagi en catastrophe comme un Slinky désorganisé.

J'étais pas blessé, je saignais un peu du nez, plus à cause du froid que de la chute, mais je l'ai pas dit, j'avais l'air d'un pro. J'ai ramassé le vélo sous le regard assassin des automobilistes. J'essayais de fixer la chaîne, les deux mains gelées dans la graisse et la neige, quand un automobiliste généreux a baissé la vitre du côté passager. Dans un élan de charité peu commun, il a crié:

— Hey, le cave, prends donc ton char comme tout l'monde!

J'arrive enfin, Michou s'est fait jeter sur le trottoir, l'ami ayant besoin de l'espace qu'elle occupait à l'intérieur. J'espère que je suis pas venu ici pour rien, au risque de ma vie. J'ai plus de Kleenex, j'ai pas mes clefs, je saigne toujours.

J'ai fait le tour par-derrière, l'heureux propriétaire s'y trouvait, fidèle au poste, à réparer le manche de sa masse, sa masse salariale. J'ai jamais vu personne d'autre que Max utiliser un objet semblable en guise de canif suisse. Un p'tit coup de masse par-ci, par-là, il arrive à tout réparer avec son instrument de forçat, en plus ça lui coûte zéro main-d'œuvre.

— Brisé? j'ai demandé.

Il a levé sa tête d'agneau surgelé pour mieux me voir saigner, il a répondu par la même question.

— Brisé?

— Oui, mais ça va maintenant. Ta masse salariale a atteint son seuil critique, mon Max?

Il continuait à gosser le bois puis à l'enrouler de tape noir, comme on faisait avec nos bâtons de hockey quand on était ti-culs.

Assis côte à côte comme au banc des punitions, les tuques pleines de neige à ras bord, je dessinais sur le sol avec mon sang coagulé, c'était chouette, le temps était à la confidence. J'ai demandé à mon ami :

— Il faisait quoi, ton père, avant de mourir?

— Y mangeait des bagels.

— Chômeur?

— Policier à la SQ.

J'ai toujours soupçonné le bagel d'être l'ancêtre du beigne. Je n'ai pas cru bon de le mentionner à mon ami. Silencieusement, on a laissé s'accumuler encore un peu de neige sur nos deux têtes de pioches, puis Max a enchaîné :

— Sa dernière enquête consistait à infiltrer la petite pègre italienne de Montréal. Il s'était fait passer pour électricien au chômage, il avait loué un appartement au-dessus d'un resto fréquenté par les sbires de la mafia. Passe-moi le tape, tu veux?

— Huu?

— Le tape, oui, merci. Fait que, après avoir installé des micros dans le plancher, chaque matin il se ramassait une douzaine de bagels chez le Juif pis du fromage Philadelphia et il passait ses journées à écouter les conversations de la Cosa Nostra. Alors, quand il en avait suffisamment entendu, il essuyait ses doigts pis il inscrivait des noms dans son petit carnet Bell Téléphone. Un beau matin, après avoir enfilé son casque d'écoute, il a entendu son propre nom. Ça lui a comme bloqué dans la trachée. Il a remis les bagels dans le sac brun et il est parti voir son superviseur.

«Je prends ma retraite, boss.» Il a déposé sur le bureau : son badge, son gun, son carnet plein de fromage.

— Vous avez déménagé à ce moment-là ?

— Oui, on est allés à London Ontèèèrio.

— Hé, hé !!!

— Hé, hé. Tu saignes plus, on dirait. Viens, on rentre, j'ai terminé ma réparation.

— Bien fait, Max, avec la main-d'œuvre bon marché, faut scotcher serré, sinon ça se casse.

On est entrés dans la roulotte, faisait froid, on avait faim, à cause de l'histoire des bagels probablement.

Debout à l'intérieur, on s'est mis à rêver tous les deux, la steam nous sortait par la bouche. On imaginait ouvrir le panneau le premier matin et découvrir une foule en délire nous lançant des confettis, une fanfare et des enfants qui chantent.

Mais, pour l'instant, nous n'étions que deux ploucs dans une boîte de tôle immobile, impeccable et inoffensive. Excitant ? Pas vraiment.

Si au moins y avait eu la mafia au sous-sol...

On a obtenu les permis et immatriculations pour pouvoir rouler. Max les a fixés au mur, bien en vue sous l'ardoise. Si on fait la lecture de haut en bas, ça donne : «espresso, double, makiato, cappuccino, café au lait, arrondissement ville de Montréal n°: 42775PQ05 7899TR1-A».

La mention suivante est la meilleure: «Doit être en arrêt pour être en marche.» On l'a highlightée.

— J'en ai vu une la semaine dernière: «Chômeurs demandés, plein temps ou temps partiel.»

Max ne réagit pas, trop occupé par les tracasseries municipales. C'est vrai que c'est un peu complexe, un café roulant. Déjà, on a eu toute la misère du monde à convaincre les propriétaires des terrains sur lesquels on désire s'installer. Ils ont tous gueulé qu'ils voulaient pas: «de locataires qui foutent le camp à tout bout de champ».

Notre concept étant de ne jamais rester plus d'une semaine au même endroit…

— Laisse-les crier, dit Max, ça leur fait peur; des locataires sur roues. Dès qu'ils auront encaissé les premiers chèques, ça leur passera.

Il a bien raison, le concept est prometteur, autant les gens aiment avoir leurs habitudes et fréquenter les mêmes endroits, autant ils apprécient les surprises. «Tiens, chez Michou! Elle était pas dans l'Est, la semaine dernière?»

La première destination est prévue pour la semaine prochaine, ça nous donne tout juste sept jours pour fixer la plomberie, la tuyauterie pour le gaz et tout le reste. Il me semble qu'il s'en rajoute un peu chaque jour. Je m'en fous, je ne regrette rien, je m'amuse bien ici avec Max, en plus on a aucune idée, ni lui ni moi, de ce dans quoi on a bien pu s'embarquer. À part clamer à gauche et à droite que ce sera le meilleur café en ville, on a toujours pas fait nos preuves... Mais on a du guts, me semble.

— T'as raison, répond mon partenaire.

Suffit de nous observer sur nos vélos à l'aube pour comprendre que nous sommes en train de créer quelque chose de nouveau.

— Comme Google ?

— Comme tu dis.

La contemplation, regarder les autres... C'est tout.

— Vieux cochon.

J'ai sauté en bas du lit, de façon athlétique. Je suis passé par la cuisine d'où j'ai ramené le reste de la bouteille de vin ainsi que deux verres propres. Quand je suis revenu, Monique avait tiré le drap sous son cou, comme dans les films.

— Quand tu dis vieux cochon, tu penses vieux ou cochon ?

— Je pense rien, je disais ça comme ça.

— T'es belle, Monique.

— ! ?

— Pour une vieille de mon âge, j'voulais dire.

C'est la première fois que je couche avec quelqu'un depuis mon cancer. Je n'écris pas baiser, parce que ce n'est pas ce que nous avons fait. On a bu du vin aussi, et on a parlé.

— Ça te prend combien de temps pour te faire les ongles d'orteils?

— Une heure.

Elle est belle, Monique. À l'autre extrémité des ongles d'orteils, elle a une tête, ronde, avec des grands yeux en amandes, couleur noisette, c'est parfait avec le café au lait. Le reste de son corps est enveloppé je dirais, elle est pas comme une frite, elle est comme le cassot au complet. Elle est ferme comme un gant de boxe, je sais pas comment elle réussit ça. Peut-être qu'elle est championne de water-polo, sans me le dire.

C'est pas moi qui ai scoré en tout cas. Je freak un peu sur ma condition. Je sais pas si tous les cancéreux sont comme moi, ou si au contraire, aussitôt fini les traitements, c'est hop la vie, par ici le sexe, la libido dans le plafond. Moi pas, j'ai peur. J'ai peur de briser Monique. Elle non, ça semble pas la déranger.

— Ça te fait rien de coucher avec un cancéreux, Monique?

— Toi, oui.

Justement… Elle a l'air prête à tout. Sont bien faites, les femmes, pas obsédées par la performance. Monique n'a pas eu l'air trop déçue que l'on ne casse pas le lit en deux. C'était tout dans ma tête. Elle était même pas venue ici pour ça, c'est moi ducon qui ai pas arrêté de lui faire les beaux yeux. C'est moi qui ai ouvert une bouteille de rouge sans même lui demander son avis, comme quelqu'un qui se pitch sur le lunch de peur de manquer de quelque chose. Je me suis garoché dans le festin avant même de me demander si j'avais faim. Pauvre de moi. Me v'là assis dans un lit à téter un ballon de rouge avec une fille encore brûlante. J'ai l'air d'un retraité hâtif qui culpabilise. J'avais plus de style intubé dans un lit d'hôpital.

— Faudrait que j'y aille, a dit Monique.

Un peu plus, je lui demandais si quelqu'un l'attendait, comme l'aurait fait un vrai gars en remettant son slip, brave et satisfait jusqu'à la dernière goutte d'avoir privé un autre mâle.

Au lieu de ça, je me suis levé en même temps qu'elle. J'aurais eu la bagnole de Pedro, je l'aurais raccompagnée à la maison. J'allais lui offrir le taxi, maladroitement, mais elle restait debout près de la fenêtre à regarder dehors.

— Viens ici, viens voir.

Je me suis approché.

Sur le terrain d'en face, y a deux jeunes enfants qui jouent dans la neige. Un garçon puis une fillette, neuf dix ans pas plus. Petit à petit, le garçon se rapproche de son amie, puis, au bout d'un certain temps, après quelques balles de neige, ils s'étendent sur le dos, il lui prend la main et ils font comme ça... avec les bras et les jambes. Au même moment, Monique et moi disons «des anges».

Je l'ai serrée contre moi, par-derrière. J'ai reniflé son cou, ses épaules pis son dos. J'ai bandé, un peu tard sans doute.

J'ai dit :

— La contemplation !

Elle s'est retournée pour que je l'embrasse. Je me suis mis à genoux pour mieux m'attarder sur ses seins et j'ai collé ma joue froide sur son ventre chaud.

— Demain, je te fais du pain aux bananes.

Et elle est partie.

Aussitôt après, je me suis précipité sur mon clavier. Pop, j'avais un message de Gustave :

«Il vient, ce deuxième roman ? Les presses de l'imprimerie l'attendent avec impatience, votre éditeur aussi. Gustave.»

J'ai réfléchi un moment, puis j'ai commencé à écrire, juste pour moi. Rien à voir avec la réquisition de l'éditeur.

(Sorry, Gustave, ce qui suit n'est pas pour vous !)

Je ne connais rien au hockey. Maple Leaf a toujours été pour moi une marque de jambon. Lorsque j'étais tout jeune, je préférais regarder les femmes en soutien-gorge dans le catalogue Sears pendant que mon père se pâmait devant des gorilles sur patins.

— Vas-y, vas-y, shoote, shoote! Yes! 4-0!

Je faisais oui de la tête, en prenant bien soin de ne pas quitter des yeux un seul instant ces poitrines aux allures d'obus. Je me foutais complètement de qui était Gump Worsley ou Camille Henry, merde. Le vestiaire des hommes me laissait froid. La seule question titillant ma pauvre tête de jour comme de nuit était la suivante: y a-t-il des bouts à l'extrémité des seins?

Les soutiens-gorges contenaient en eux ce mystère que je tentais de découvrir, catalogue après catalogue, soir après soir, scrutant une à une les photos glacées. Le préposé à la mise en page, un de ces jours, allait par distraction laisser paraître, à ma grande joie, une photo qui en dévoilerait plus que la bonne moralité anglo-saxonne de Sears n'avait l'intention de le faire. Ou encore, parlons confort: un gros plan de l'intérieur, censé vanter l'ergonomie des coussinets, ferait voir la chose dans son ensemble le plus total. Le jour venu, enfin je saurais.

C'était bien naïf de ma part. C'était aussi sans compter que ces catalogues nous arrivaient tout droit de la ville reine, chaste et pure: Toronto. Celle-là même qui engraissait les jambons, y compris ceux qui chaussaient des patins.

Penthouse était un appartement, pas un magazine.

Tous les papas d'Amérique du Nord semblaient être chavirés par un score de 4-0 alors que mon cœur battait pour un 36-B.

À l'école, c'était pareil, j'en faisais une fixation. Heureusement d'ailleurs, sinon je n'y aurais jamais traîné mes godasses durant toutes ces années. Ce fut ma seule et unique motivation. J'ignore toujours ce qui pouvait stimuler les autres, vraiment! Je comprends mieux aujourd'hui le phénomène de la dépression chez les enfants.

Je n'étais pas encore sorti de mon lit le matin que la seule idée de revoir une fille ou une autre, lui parler ou sentir son parfum me propulsait comme une fusée pour toute la journée.

— Termine au moins tes céréales, criait ma mère.

J'étais déjà sur mon vélo à monter cette maudite côte, dernier obstacle derrière lequel se cachait mon trésor. Les seins. J'y pensais en me couchant le soir aussi bien qu'en me levant le matin. Entre les deux, j'en rêvais.

Madame Ramirez, ma prof de cinquième année, m'avait un jour gardé après la classe. Elle désirait faire une petite mise au point concernant l'accord des adjectifs. Elle m'avait fait venir près d'elle, elle tenait ma grosse tête innocente entre ses deux belles mains bronzées décorées de petites chaînes d'or, elle me parlait tendrement, j'insiste, très tendrement, le front collé au mien. Elle me chuchotait de sa voix rauque que j'y arriverais, si je voulais y mettre un peu de bonne volonté.

— Tou vaux bienne! Si?

Si je voulais bienne?

Elle m'aurait demandé de grimper sur la lune, là, maintenant, je sortais en espadrilles par la fenêtre derrière elle. Son visage était plus près du mien que ne l'avait jamais été celui d'aucune femme, pas même celui de ma sainte mère. Même lorsqu'elle m'engueulait.

Je sentais, pour la première fois de ma courte vie, l'haleine d'une personne qui n'était pas de ma famille immédiate. C'était différent, le tabac et la menthe, ça me plaisait bien. Ça me plaisait bienne!

Alors elle se pencha. Elle se pencha pour atteindre sa bourse sous le pupitre, et je vis tout. Le mystère n'en était plus un, à partir de maintenant : je savais.

Je savais enfin comment un sein se terminait, ou comment il commençait, c'est selon.

Je repartis chez moi le cœur léger, serein, je planais comme après une shot de Démerol. Plus rien ne pouvait m'arriver. Tout pouvait m'arriver.

J'étais transformé, camouflé dans le même corps.

Mon père et tous les autres mâles de cette planète pouvaient bien raconter ce qu'ils voulaient, les pauvres. Moi, désormais, j'avais autre chose à faire que suivre le puck.

≺●≻

— Le café italien... c'est le meilleur, raconte Max.

— T'es allé en Italie, déjà?

— En Toscane avec mon père, juste avant qu'il meure. C'était son rêve, il parlait très bien l'italien, d'ailleurs.

— T'as des souvenirs?

— Je me souviens d'un vieux vigneron, tu me diras que tous les vignerons de la Toscane sont vieux, mais lui, il semblait vieux comme sa terre, il avait la face comme une pierre des champs. Il se plaignait que Mondavi allait faire la pluie et le beau temps en Californie dans quelques années, ce qui arriva, et que l'existence des petits producteurs comme lui était menacée... non, condamnée, c'est condamnée qu'il disait. Alors, mon père et moi, on lui a suggéré de la vendre au plus vite, sa terre, pendant qu'elle valait encore quelque chose.

— C'est vrai, pourquoi il la vendait pas, sa terre?

— Tu veux connaître sa réponse, la voici. Il a pris mon visage entre ses deux grosses mains qu'on aurait dit des roches et il a prononcé cette très belle phrase en italien...

— C'était quoi?

— Je me suis retourné vers mon père et j'ai posé la même question. Mais il m'a rien dit. Il pleurait. On est repartis en le remerciant pour la visite du vignoble. C'est beaucoup plus tard, on était de retour à Montréal depuis plusieurs mois quand mon père a eu des nouvelles du département de cardiologie comme quoi fallait faire une nouvelle intervention. De nouveaux pontages étaient nécessaires, fallait remplacer la valve aortique. Le cardiologue semblait confiant, pas mon père. Lorsqu'on a quitté son bureau, j'avais l'impression que papa n'allait pas se battre, ça m'a surpris. J'ai tenté de le motiver, je lui ai dit que si c'étaient des problèmes d'argent qui le fatiguaient, fallait pas s'en faire, on allait trouver une solution. Et puis il avait toujours la terre de son grand-père, en Estrie, il pourrait la vendre, non?

— Il a dit?

— Il a dit: «Tu te souviens du vieux en Toscane, tu te rappelles sa réponse lorsque tu lui suggéras de vendre sa terre?» J'ai répondu que mon italien ne m'avait jamais permis de comprendre cette phrase. Ben, c'est seulement là que j'ai su ce qu'avait raconté le Toscan.

«Vendre ma terre! Et je vais la mettre où, ma tombe?»

— J'ai peur, dit Bob.

Avec la tête qu'il affiche, moi aussi, je serais effrayé à sa place. Je me garde bien de lui en faire part.

Il a perdu tous ses cheveux, à présent son visage a la même teinte que les draps javellisés de son lit mécanique.

L'hôpital est le meilleur endroit pour mourir, mon Bob. Je sais, tu as peur que ça fasse mal. Rassure-toi, ils vont te bourrer la gueule, tellement que tu confondras le mur blême d'en face avec le dernier George Lucas. Mais ça non plus, je ne lui dis pas, je dis rien, je fais juste tenir sa main pendant qu'il pleure.

— J'ai peur... parce que j'ai menti toute ma vie.

Voilà donc sa confession toute catholique.

On l'a tous fait, Bob. Le gars de la chambre voisine, son médecin qui vient de sortir, l'infirmière à la réception... non, pas l'infirmière, enfin tu vois ce que je veux dire, mon fils !

Et me substituant peu à peu au Christ, j'ajouterais : «Même moi».

Ben quoi ! Quand je marchais sur les eaux, tu pensais quand même pas... si ? Ah bon.

Une vie sans mensonge n'en est pas une, Bob.

Le pauvre, s'il entendait tout ce que je suis à me baragouiner de l'intérieur pendant qu'il regarde à l'extérieur comme un touriste, il serait tenté de partir maintenant, pas pour l'au-delà, non, pour aviser la réception qu'il y a un timbré dans sa chambre. Quelqu'un qui est en train d'essayer de le décatholiser. De le décrisser aussi, un peu.

Il ne parle plus. À l'occasion, il prend une grande inspiration comme un enfant qui a de la peine. Ça fait pitié à voir, lui qui durant toute sa vie a été un gueulard. Je me souviens quand il est arrivé ici :

URGENCE EXTERNE :
— Ça a pas un crisse de bon sens, ça fait deux heures que j'attends, encore quinze minutes pis...

URGENCE INTERNE, un soluté dans le bras :
— Dites, le médecin va venir me voir bientôt ?

SCANNER :
— C'est pas un examen douloureux... hum ?

BLOC OPÉRATOIRE :
— Mes assurances !

Bob, c'est l'angoisse, c'est pas sa faute. Même trépassé, y va continuer à se plaindre qu'il fait trop chaud au purgatoire.

Y a quelques semaines encore, il racontait:

— Hé! J'ai pris mon téléphone, bip bip bip le bureau du député. «Je sais, madame, ça fait plusieurs fois cette semaine, mais mon drive-way est toujours plein de neige, pis ça durcit avec le froid...»

— Crisse, Bob, t'as même pas d'char!

— Le principe, le principe. On paie des taxes... Le gars des poubelles, la neige, les hôpitaux...

Ferme donc ta grande gueule juste une minute, mon Bob. Regarde un peu autour de toi, par la fenêtre, le soleil. Non, je te laisserai pas la main, n'aie crainte.

Tu vois le ciel, c'est décembre, Bob. Regarde un peu ça sans parler, juste une minute!

Peut-être la dernière.

Pedro, dans sa berline hors catégorie, fait son entrée sur le minuscule stationnement. Cette semaine, Michou se trouve près de l'UQAM. On a eu vent d'une éventuelle manif; ça devrait être bon pour le café. J'en dirais pas autant au sujet de sa bagnole.

Aussitôt la portière refermée, il s'abêtit davantage, le nez dans son cellulaire. À chacune des occasions qui me sont données de lui faire réaliser que je n'en possède toujours pas, il me regarde, ahuri, comme si je tentais de le persuader que je suis un hippopotame. Vrai, j'ai essayé une fois.

— Pedro, j'en suis un.

— Hum…?

— JE SUIS UN HIPPOPOTAME!

Il a relevé la tête sans parler, après trente secondes, le temps d'un message publicitaire, il a crié:

— UN HIPPOPOTAME!

Il a appelé au bureau pour dire à sa secrétaire:

— Trouve-moi un hippopotame pour le message d'ALYRON, le client va être impressionné.

Bon, philosophai-je, c'est pas moi qui ai eu la job, au moins j'ai fait travailler un confrère.

C'est pathétique à observer. Pas assez de l'avoir collé à l'oreille toute la journée peu importe l'activité: dîner, conduite automobile, jeux avec les enfants d'une première erreur, magasinage avec la prochaine. Une fois la conversation terminée, ou lorsque l'humain en sa compagnie lui fait comprendre qu'il aimerait bien le partager avec personne pour un moment, il ferme la ligne mais fait aussitôt l'inventaire des messages qu'il a ratés.

Sont tous pareils. Je les regarde marcher comme s'ils étaient leur double, le nez dans la mûre… *Research in Motion*, à gérer de leur pouce les amis, les ennemis, les crédits et les débits. Ils regardent même pas où ils mettent les pieds, rarement ils se cassent les dents. Ils sont mus par un système d'orientation aussi obscur qu'efficace. Ils font partie de la génération *wireless*, ils ont le radar en eux, je sais pas où, dans le sang peut-être. Je suis prêt à parier qu'ils se lèvent pour pisser en pleine nuit sans même ouvrir la lumière.

— Pedro, pourquoi tu prends la place de six voitures quand tu t'arrêtes devant, hein? Est-ce pour cette raison qu'il est inscrit S6 sur ta bagnole?

— Euh non... quoi?

Il est encore au téléphone dans sa tête, ça se voit.

— Cappuccino?

— Cappuccino!

— Dis, Pedro, pourquoi ta bagnole, elle est jamais comme celle des autres?

— Bon, tu veux vraiment que je la gare autrement.

— Non, ça va, ça va. C'est une question d'intérêt... mécanique.

— Elle est comme tout le monde, ma bagnole, pourquoi?

— Ben d'abord, elle est plus basse sur pattes, tu vois pas? Regarde l'autre à côté.

— C'est un Jeep.

— Non, l'autre côté. Celui où tu ne réponds jamais au téléphone.

— Je peux répondre des deux côtés même quand je conduis. J'ai la transmission Tiptronic, au volant.

— Tu vois. Ton truc, tipmachin. Ben c'est pas toutes les bagnoles qu'en sont équipées.

— Tu crois?

— Tu crois...

Là-dessus, je sers le cappuccino de Pedro et je crie au type qui répare le frigo, derrière.

— Hey Raymond, elle est Tip... c'est comment déjà, Pedro?

— Tiptronic... Il est génial, ton capouch.

— Merci. Elle a le Tiptronic, ta Toyota pourrie, Raymond?

— Tip? Euh... non... Me suis fait voler la radio-cassette en 78 à Vancouver, je l'ai pas remplacée, trop cher.

— Bon, tu vois. Tipchose, suspension sport... C'est pour ça qu'elles te coûtent une fortune, mon Pedro.

— Tu crois?

Il me répond par automatisme... *wireless*. Il n'en a que pour le cappuccino maintenant. De toute façon, dépense n'est qu'un mot pour lui. C'est comme son Tiptruc...

Ce qui compte, c'est prendre la place de six voitures dites conventionnelles en arrivant chez le client, afin de bien lui faire comprendre qu'il est de ceux qui ne s'en laissent pas imposer. Comme un Rotweiler laisse sa trace dans votre entrée en vous fixant du regard : «Essaie un peu de me dire que je suis pas chez nous!»

Pedro, lui, c'est : «Vous signez avec moi et je fais en sorte que vous deviez tripler la superficie de votre stationnement dans la prochaine année, monsieur le commerçant.»

Et il a même pas encore discuté de ses honoraires honteux lorsqu'il exige de parapher le contrat, sous menace d'aller vendre ses idées géniales chez le compétiteur.

Il dépose sa tasse sur le comptoir et s'apprête à ouvrir son cellulaire, c'est le signal qui annonce son départ imminent. Il fouille dans ses poches et comme à l'accoutumée il en tire une pile de gros billets truffés de reçus et cartes de crédit.

— Laisse tomber, c'est mon tour, Pedro.

— Merde, j'ai.

— Non, non, j'te dis. De toute manière, j'ai pas de change pour ça. Non, je t'en prie, ALLLLEZ…

Il se pousse en riant. Il a laissé vingt dollars sous la soucoupe. Je ramasse la vaisselle sale en me disant que c'est le café le plus onéreux à avoir été vendu ici. Il monte dans sa berline, démarre puis s'arrête devant le comptoir. Il baisse sa vitre et crie en ma direction :

— C'était pas pour le café, c'est pour le stationnement.

«Je...»

— C'est tout?

— Pour l'instant, oui.

J'ai aussi pris la précaution d'annoter: «Et cette fois, Gustave, j'ai le regret de vous annoncer que je n'en changerai pas un mot.»

Non mais c'est vrai, avec lui, faut se méfier:

«Êtes-vous bien convaincu que "Moi", ou encore "Personnellement", ne rendrait pas avec plus d'exactitude le sentiment recherché?»

— Écoutez, mon vieux (un autre qui me donne du «mon vieux»), ça fait six longs mois que j'attends votre nouveau manuscrit. N'allez pas penser que je n'aime pas LE projet de phrase que vous me soumettez aujourd'hui... mais...

Ce que l'éditeur a en tête, je le devine. Je suis pas certain de l'inverse.

Gustave rêve de six cents pages, je ne lui en apporte qu'une seule.

Il est du genre *Ensemble c'est tout*, et moi *Tout seul c't'en masse*.

J'adore aller m'installer la raie chez mon éditeur. D'abord, il me vouvoie, ce qui me donne à tout coup l'impression d'être célèbre et d'avoir vendu des milliers de bouquins. Je me répands devant lui dans ce sombre bureau dont les murs sont tapissés d'affiches d'écrivains talentueux, quand ce ne sont

pas des attestations de grands prix littéraires enca-
drées. Et toutes ces piles de volumes entassés un
peu partout...

— Vous savez, conclut-il d'un ton paternel, peut-
être pour me motiver, sais pas. Vous savez, vous
avez un nom maintenant.

— Ah bon... mais je l'utilise très peu. Je fonctionne surtout avec le prénom.

— Oui, je peux comprendre, mais nous sommes...
enfin, nous sommes plusieurs à le défendre, maintenant.

Je n'étais, et ne le suis toujours pas, certain d'avoir
bien compris toute cette subtilité contractuelle.

Qu'importe, il était maintenant temps de me
lever et de partir, non sans un certain regret d'avoir
à quitter ce confort littéraire. Je posai maladroitement une main sur la poignée de la porte et l'autre
dans celle de l'éditeur, le tout en croisant les bras.
Je fis, dans cette fâcheuse position, la promesse
solennelle d'apporter la suite, dans un avenir rap-
proché...

Je me suis remémoré les serments que nous
faisions à la petite école en croisant deux doigts
derrière le dos.

— Je ne veux pas avoir l'air d'insister, mais la
suite, ça fait beaucoup quand même.

— Oui, bon, enfin, je vous comprends, Gustave.
Je ferai de mon mieux.

Ma réponse n'eut pas l'effet escompté. Je le devinais toujours anxieux. Alors, en tentant d'arranger les choses, je les aggravais.

— Et puis vous savez, dans le pire des cas, un nom, ça se change, Gustave... Je... je parlais du mien, bien entendu...

— J'avais compris, mon vieux, bien sûr.

«Mon vieux» une autre fois et je troque mon TREK pour une marchette.

Avant que je ne me pousse officiellement, il cria :

— Attendez! Il y a du courrier pour vous.

— La prochaine fois, si vous le voulez bien.

— Non, permettez-moi d'insister, je préfère que vous l'ayez maintenant. Vous comprenez, avec tout ce désordre et puis... la prochaine fois, comme vous dites, on ne sait jamais.

— Allez, un petit cinq verges, Gustave!

Ça, ça lui fait plaisir.

Il prend position. Le quart arrière à la retraite, devenu éditeur. Il lance le paquet ficelé par des élastiques. J'accepte la courte passe et quitte son bureau dans une échappée digne des séries, au passage je salue Hélène à la réception, cette dernière répond «à bientôt» sans lever le nez de son traitement de texte.

Je cours le long corridor, j'entends la foule, cinq verges, dix verges, et maintenant c'est Gustave qui gueule : «Allez-y, mon vieux!»

Je suis encore tout essoufflé lorsque j'atterris sur le trottoir.

Faudrait bien que je lui envoie une deuxième phrase avant Noël. Je me répète cette suggestion tout en marchant jusqu'à ce que j'arrive chez l'Algérien.

— La santé, c'est bon?

— C'est bon, oui, merci. Mais pas autant que ton falafel.

— Oui, tout de suite!

Je me décide à ouvrir une première lettre.

J'ai adoré votre livre, vraiment je ....

Et ça se termine comme ceci: *malgré le fait que nous ne nous soyons encore jamais rencontrés, permettez-moi de vous écrire que je vous trouve charmant.*

Bon, c'est bien parce que nous ne nous, justement, que vous pouvez prétendre pareille chose.

Le falafel arrive, je décide d'ouvrir une deuxième lettre, j'ajoute un peu d'huile d'olive, sur la lettre itou.

— Tu veux une troisième, boss?

Je savais pas s'il parlait des falafels ou des lettres. J'ai pas pris de chance.

— Non, merci!

Je suis rentré chez moi. Repu et anxieux.

Curieusement, c'est souvent comme ça lorsque je reviens de chez Gustave.

54

— Avec toutes les pilules que tu prends, y en a pas une pour dormir, là-dedans?

— Pourquoi que le fleuve est rose?

Parce qu'il est six heures du matin, Lucette. Parce que le jour se lève et que tu t'obstines à pas fermer l'œil, comme si t'avais peur de rater quequ'chose.

D'une main, je tiens le volant, de l'autre, je replace le bandana rouge sur sa petite tête, pour qu'elle ne prenne pas froid.

Nous venons de quitter Matane, on roule le long du fleuve direction ouest, vers Québec.

— T'es sûr que t'as pas trop de vent, là?

Elle me répond rien. Elle s'étire le cou, comme un petit poulet, pour regarder par la fenêtre de la portière.

Lucie, c'est son vrai nom. On l'a toujours appelée Lucette. Je dis «toujours», bien qu'elle n'ait que huit ans, voilà déjà quatre années qu'elle traîne avec elle cette leucémie. Il me semble que quatre années sur huit, ça fait «toujours».

Nicolas, son grand frère de onze, il est resté à la maison avec maman. Et maman? Quand elle en peut plus, elle téléphone.

— Tu prendrais pas Lucette quelques jours?

— J'arrive...

Je loue une bagnole et me voici. C'est beau, Matane, pis ça me fait une vacance en même temps.

— Y veulent me couper mon allocation, les cr...

— Ben non, Anne, y peuvent pas faire ça.

— Quand t'es une ex-toxico, y peuvent toute faire.

Anne est assise à sa table en bois à boire café sur café. Devant elle, des dizaines de formulaires gouvernementaux dont elle ne sait plus quoi faire.

— Tu veux que je t'aide?

— Richard m'a dit qu'il passerait ce soir.

— Richard... Ça fait quinze jours qu'y t'a dit ça, Anne.

— Non, non, y passe ce soir, y m'a appelée.

— Y était où, à Portage ou à Donnacona?

J'aurais jamais dû dire ça.

— Crisse, toé. T'es icitte pour m'aider ou pour m'écœurer?

— Pour Lucette surtout.

— Ben prends la p'tite pis décolle.

J'ai pris une grosse gorgée pour vider ma tasse, j'ai crié:

— Lucette, es-tu prête?

— J'apporte-tu mon costume de bain?

Elle était dans sa chambre en haut, à remplir son sac à dos. Je suis monté la rejoindre.

— T'apportes tout ce que tu veux, Lucette.

— Oui, mais, on va-tu se baigner, à Québec?

Avant que j'aie eu le temps de répondre, Anne a crié d'en bas:

— Es-tu malade, te baigner au mois d'octobre, à Québec ?

Lucette m'a regardé avec un doute sur son petit visage blême, elle a dit :

— Je l'apporte quand même.

J'ai mis la main sur son crâne chauve, en signe de complicité.

— Mais oublie pas tes médicaments, surtout.

Sur le balcon, j'ai embrassé Anne.

— Dis bonjour à Nicolas.

J'ai lancé le minuscule sac à dos sur mon épaule. Dans ma tête, je pensais : « Pis tu peux dire à Richard qu'il aille se faire foutre. »

Quelques kilomètres plus loin, je me suis arrêté en bordure de la route, sous une grosse baleine de bois. Il faisait noir, on y voyait rien. J'ai allumé dans la voiture.

— Qu'est-ce tu fais ? m'a demandé Lulu.

— J'écris quelque chose.

— C'est quoi ?

— Rien d'important, mais je veux pas l'oublier.

— C'est pour qui ?

— C'est pour Gustave.

J'ai foutu le papier dans la poche de ma veste, puis on a repris la route, elle et moi.

— On est bien, hein ? a marmonné ma passagère.

— Tu dis, toi !

Elle ne saura jamais ce qui est écrit sur mon papier, je me charge de ne jamais le lui dévoiler de son vivant. Ce ne sont que quelques mots, comme ça. Ça parle d'elle, de sa maman et de son frère aussi. Ça parle aussi de la vie, surtout de la vie.

Je n'ai écrit qu'une seule petite phrase. Le sujet est pourtant vaste. Ça raconte la leucémie, les allocations, Matane, l'hiver.

Toute cette peine m'arrive en pleine face, paf!, comme un dictionnaire lancé à bout de bras. Le poids des mots pour la misère, leur tranchant pour la douleur, et le sable de la grève à l'intérieur des blessures toujours ouvertes. On en a déjà écrit pour des kilomètres et des kilomètres de phrases, rempli tout plein de pages, imprimé des livres et des livres et des livres, sans jamais que ça change quoi que ce soit à la triste vie de ces femmes, ces hommes, Anne et Richard.

Matane m'abandonne, les phares des voitures rencontrées font briller mes yeux remplis de larmes.

Bien souvent, la misère se résume en une simple phrase. Gustave voudrait un chapitre.

C'est pas à la piscine qu'on est allés, c'est à la patinoire.

— Tu vois, Lucette, c'est ta mère qu'avait raison.
— Comme d'habitude…

Je sais pas pourquoi, mais aussitôt je pense à Richard, et m'abstiens de répondre.

— C'est ça, le Château?

— Non, ça c'est le Palais Montcalm.

— Y est où, le Château?

— Plus loin, on le voit pas d'ici.

— Comment loin?

— Assez.

— On va y aller en auto ou en autobus?

— À cheval, Lucette.

Le type de la calèche, en voyant la tête de la petite, a décidé de nous faire le spécial de la semaine. Si on l'avait pas retenu, il nous aurait emmenés jusqu'à Sainte-Anne-de-Beaupré.

— J'ai réservé à dix-neuf heures, m'sieur chose!

— Fais-toi z'en pas, mon homme, même si j'tombais raide mort, la jument t'ramènerait drette à porte du Château, ça c'est certain.

Lucette a dit:

— Pourquoi vous allez mourir, vous avez le cancer vous avec?

Il a failli tomber en bas de sa couverte de poils. Y avait comme plus rien qui sortait de derrière son cure-dent. Il m'a regardé avec des grands yeux de chien perdu, l'air de dire: aide-moi, chose, dis n'importe quoi! Ce que je fis:

— Lucette va beaucoup mieux, m'sieur.

Et je l'ai embrassée sur la tuque.

— C'est pour ça qu'elle s'informe de ceux qui vont moins bien.

Notre cocher avait bien raison, on était de retour à 18 h 55.

— C'est rien, monsieur, qu'il m'a dit sans se retourner.

— Hé, ho! Ça fait deux heures que tu nous promènes partout en ville…

— Non, non, j'vous l'dis que c'est rien.

— Prends au moins ça, tu paieras une bière à la jument.

Je lui ai tendu un vingt. Il ne s'est jamais retourné. En partant, il a crié:

— Salut la p'tite!

Mais on était pas certains si c'était le nom du cheval ou si c'était pour Lucette. Bon… On avait fait un sacré beau tour.

Le cadavre de la femme du juge d'à côté empeste déjà, pourtant elle bouge toujours. C'est fou ce qu'ils proposent comme fragrance, ces embaumeurs. L'homme de loi à la retraite qui l'accompagne, lui, a choisi une pommade contre les rhumatismes ou les hémorroïdes, je n'en suis pas certain, c'est difficile à dire au nez, comme ça. Il n'en demeure pas moins que ce petit carrousel d'odeurs a pour résultat de m'interdire le bouquet du Saint-Émilion que le maître d'hôtel venait pourtant de me vanter. Je prends le tout comme une sentence, je l'accepte. Rien à déclarer, Monsieur le Juge. Je veux surtout pas faire chier Lucette.

Rendue au dessert, Lucette m'a demandé pourquoi j'aimais pas Richard. J'ai hésité avant de répondre, j'aurais voulu lui dire : parce qu'il est menteur, manipulateur, sans-cœur, profiteur…

— Je sais pas, Lucette… Il est, il est malade, Richard.

— Moi aussi, j'suis malade… pis tu m'aimes ?

— Là… c'est un à zéro pour toi, ma belle. Richard, c'est pas pareil, c'est une autre maladie.

Lucette a pas très bien saisi, moi non plus. J'ai feinté un bout pis je me la suis fermée, en fait je l'ouvrais juste un petit peu pour y faire passer le Saint-Émilion.

Ensuite, nous sommes allés nous enregistrer.

— C'est pour une chambre, une nuit.

Le garçon du desk est bien, discret, poli, un peu pédé. La madame à ses côtés fait plutôt grande gueule, grossière, hétéro par obligation. De toute manière, aucune femme digne de ce nom, fût-elle gouine et cyclope, n'en aurait voulu, jamais. Alors que les hommes, parfois, quand ils ont bu…

Son regard alterne de Lucette et moi à son écran d'ordinateur. Ses yeux grossis dix fois derrière ses lunettes d'astronaute russe des sixties nous observent de façon maladive et maladroite. Ses oreilles donnent l'impression de se déployer afin de ne rien manquer de ma réponse lorsque le garçon demande :

— Un ou deux lits ?

M'en fallait pas plus pour embarquer.

— Vous avez des tarifs corporatifs ?

— Bien sûr, quel est le nom de la compagnie, je vous prie ?

— Wolfe Pack... Inc.

J'ai eu la grande satisfaction de la regarder s'évanouir virtuellement sur le clavier de son ordinateur. Le jeune homme, lui, ne donne pas l'impression d'être au courant que, dans sa belle ville de Québec, il n'y a pas si longtemps, un soulèvement populaire eut lieu pour une histoire de prostitution juvénile. Il demande :

— Je n'ai rien sous le nom de Wolfe Pack Inc., monsieur, y aurait-il une autre raison sociale ?

— Pouvez essayer Scorpion, des fois.

— Scorpio ?

— Ion, Scorpion, comme dans morpion, ça vous dit quelque chose, madame ?

Elle a répondu ins-tan-ta-né-ment, curieux pour une fille qui n'écoutait pas notre conversation :

— Pasdutoutmesieur !

J'avais juste envie de lui demander, comme ça : «Dites, vous buvez toujours votre café de cette façon : avec le stylo dedans ?» Je me suis contenté de prendre une voix de motard pour ajouter :

— Pas peur, ti-gars, m'a t'payer cash.

Lucette riait parce que j'avais pris une grosse voix. Moi, je rigolais, à cause de Saint-Émilion.

On marchait dans les corridors pour se rendre à la chambre, Lucette était chouette malgré la fatigue, malgré sa tête de dindon et ses berniques d'intello.

— Tu ressembles à Woody Allen.

— C'est qui, lui?

— C'est un monsieur rigolo... qu'a marié sa fille.

— Sa fille!

— ...

— Tu me marierais-tu si j'étais ta fille?

— Jamais.

— Pourquoi?

— T'es ben trop vieille.

J'ai ouvert la porte, la télé, les rideaux. C'est vrai qu'elle est belle, Québec.

Belle comme une pute mineure?

Lorsqu'on s'est mis au lit, il devait être neuf heures, Lucette était crevée. Elle a pris ses comprimés de Zofran, Ativent, puis elle a posé sa petite tête partiellement chauve sur l'oreiller. Je lui ai demandé:

— Ça te fait quoi de dormir dans un château, Lucette?

— Ça me fait drôle...

Par la fenêtre, il y avait cette lune immense qui menaçait de se laisser tomber sur Lévis.

— J'ai pris la plus belle chambre, Lucette. T'es contente?

— Ah oui, je suis contente. C'est quand Noël?

— Noël, c'est dans... deux mois. Pourquoi tu demandes ça?

— Pour savoir.

— ...

— Les reines pis les rois, est-ce qu'ils passent Noël dans leur château? Raconte!

Les reines et les rois s'emmerdent pour mourir à Noël, ma belle. Ils donnent de grandes réceptions dans la salle de bal. Des centaines de gros messieurs et d'énormes mesdames, tout sourire, dansent jusqu'à l'aube en se détestant les uns les autres. Ils bouffent comme des baleines et engloutissent les plus grands vins d'Europe sans même les goûter; ils s'ennuient.

Ils essaient de se convaincre que leur vie est excitante en changeant de chambre toute la nuit. Ils s'en moquent autant qu'ils se mentent.

Le matin venu, ils ne se rappellent même plus leur nom tellement ils ont échangé leurs salives la nuit durant. Leurs valets volent à leur secours dès l'aube pour les aider à se rhabiller, à se parfumer, se maquiller et se préparer à mentir à nouveau, une autre soirée, une autre année, le reste de leur vie.

«*Poor man wants to be rich, rich man wants to be king, and the king ain't satisfied until he rules everything*», chantera Springsteen quelques siècles plus tard. Et c'est toujours d'actualité, ma Lucette, l'humanité n'a pas changé tant que ça. Seules les dates ont été remplaçées.

Les hommes racontent n'importe quoi aux femmes, celles-ci font semblant d'y croire. C'est un perpétuel chassé-croisé, qui fait la fortune des psychologues.

Pourquoi les mamans ne font-elles pas confiance aux papas ? Pourquoi les papas ne rentrent-ils pas immédiatement après le bureau ? Pourquoi, malgré tout, les mamans et les papas s'entêtent à se tenir la main sur une plage de la Floride ?

Je sais pas.

C'est comme ça, ma Lucette, je n'ai même pas de réponse à te donner... Que des constats. Pas même une plainte... Que des regrets.

Pourquoi Richard avec ta mère ? Je n'en sais rien, ma petite.

Quel réconfort peut-elle bien trouver auprès de ce félon ?

Tu me mens, je t'écoute. Tu me mens encore et, à force de l'entendre, je commence à y croire.

— Tu dors, Lucette ?

Bien sûr qu'elle dormait, la pauvre. Elle avait autre chose à faire que de m'écouter penser. Belle Lucette, pourvu qu'il te reste assez de temps pour apprivoiser cette souffrance nécessaire, cette gale sans chance de guérison qu'est la vie.

Parce que, parfois, elle est drôlement belle, la vie, Lucette. À d'autres occasions, elle est un peu con. Con comme… Noël.

J'ai éteint. La lune est restée allumée.

Elle a repris le bus pour Matane, tout excitée. Je suis de retour chez moi. Un nouveau message de Gustave:

«Une admiratrice vous a envoyé ceci par courriel: JE NE VOUS AI JAMAIS VU, MAIS NE PENSE PAS ME TROMPER EN AFFIRMANT QUE VOUS DEVEZ ÊTRE QUELQU'UN DE TRÈS BEAU DE L'INTÉRIEUR.»

Je réponds à Gustave:

«ON VERRA ÇA À L'AUTOPSIE. Svp, faire suivre. Merci.»

Quelqu'un avait appelé aussi, au sujet de Bob. J'ai fait ni une ni deux, je n'ai pas pris la peine de téléphoner. Je me suis présenté à l'accueil de La Maison du repos.

— Vous savez que votre ami retourne à la maison vendredi prochain?

Je devais avoir l'air aussi idiot que surpris : avant même de poser ma première question, la préposée me répondait.

— C'est rare, il faut dire, mais ça arrive. Dès qu'un patient atteint ce niveau de rétablissement, les médecins trouvent nécessaire qu'il en profite pour retourner à la maison, auprès des siens.

— Et où est-il maintenant ?

— Vous allez le trouver en bas, salle L-69. C'est un salon aménagé pour les occasions spéciales.

L-69 ? J'imaginais déjà Bob en plein massage. Aussi, une fois repéré le salon spécial, j'ai cru bon de frapper avant d'entrer.

Il était seul. Assis sur un fauteuil devant la fenêtre et il fumait. Ça fait trente ans que je connais Bob, c'est la première fois que je le vois avec une clope.

— Depuis quand tu fumes ?

— Depuis hier.

— Tu devrais pas fumer pendant une chimio, Bob.

Il a tourné son fauteuil dans ma direction. Il était gris comme un fumeur de cent cinquante ans d'expérience. Il parlait calmement, le Démérol lui donnait un style résigné, beaucoup moins freaké que la dernière fois. Il commençait tranquillement à ressembler à un médecin.

— Je fume pas pendant ma chimio, c'est le traitement qui s'acharne sur moi pendant que je fume. Et t'as encore rien vu.

— Je sais, tu sors vendredi.

Il a écrasé maladroitement sa cigarette en ajoutant un détail :

— Aussitôt à la maison, j'essaie avec un mec.

Je savais pas si je devais rire, pleurer ou m'immoler sur-le-champ.

— Désolé d'avoir à m'absenter durant les cinquante prochaines années, mon Bob, sinon j'allais t'offrir mon aide !

— Te casse pas le bicycle avec ça, j'ai déjà trouvé.

Il faisait une tête tout ce qu'il y a de sérieux. Il s'est étiré pour prendre une copie du *Journal de Montréal* et a commencé à me faire lecture de sa perle rare.

— Grand blond, athlétique, se déplace, cartes de crédit. Robin.

— Fuck, Bob !

— Je sais !

— Non, tu sais pas !

— Alors quoi ?

— Quoi ? Tu te vois en train de jouir en criant «Robin»?

— Si tu penses. Je vais crier GEORGE BUSH !

Je suis sorti de là somme toute réjoui, détendu, gai-lon-là, gai-le-rosier !

— Y est frette, ton café !

J'arrive à la roulotte, Max est en train de s'engueuler avec un X dessous une immense casquette. Comme la palette est à l'arrière, j'ai l'impression que c'est son cul qui parle.

— Y est frette !

— Ça fait vingt minutes que tu jases sur le trottoir avec ton verre sur le top de ta Civic.

— Chez Tim Hortons, y est plus chaud qu'ça !

— Laisse faire, mon Max, m'en occupe.

Je suis zen, mais ça dure jamais longtemps longtemps, j'en profite, l'autre aussi.

— Entrez, tous les deux ! J'vous offre un refill, c'est moi, l'patron !

Je le prends par le bras, sa petite amie nous suit. Elle a l'air disposée à faire ça toute sa vie, de toute façon. Son jeans est tellement serré que je devine sa future cellulite au travers. Quand on monte les trois marches de la roulotte, je m'éloigne de peur qu'il ne m'explose en pleine face.

— Et vous, mademoiselle, un cappuccino, ça vous dirait quelque chose ?

Elle ne répond pas, je crois comprendre qu'elle ne sait pas encore parler. Ça viendra avec les années.

— Va être chaud, celui-là. Goûte-moi ça, mon homme ! Madame !

Ils ne comprennent plus rien, ça se voit dans leurs grands yeux blêmes. Je suis l'ennemi devenu ami. Pendant qu'ils se régalent gratuitement tous les deux, je passe à l'assaut final. Quelle pute je fais!

— Ta bagnole est l'enfer, la peinture, c'est toi?

— Eehh non.

— Look écœurant!

— Ôy!

Ça signifie qu'il est d'accord... je crois.

— Pis?

— Ôy! Ouain, ça, c'est du caf!

— Tu dis, chose. Y a même des Italiens de Saint-Léonard qui nous courent dans la rue... Pour un cappuccino.

Ça y est, elle a parlé. Elle vient de dire quelque chose. D'une toute petite voix à peine perceptible, et c'était tant mieux ainsi, elle a dit: «Saint-Léonard, c'est en Italie?», en cherchant du regard un signe approbateur de son Cromagnon de compagnon.

On est ressortis tous les trois, mon employé est resté à l'intérieur. Il y avait des badauds sur le trottoir qui attendaient voir si on se taperait pas sur la gueule.

— Ouais, ça, c'est du caf!

— Anytime, quand tu aperçois Michou!

— Qui?

— La roulotte, c'est son nom.

— Ôy?

— Ôy!

Voilà comment on fait avec cette génération de casquettes à reculons. Faut pas les confronter, ils en redemandent.

Ils sont partis tous les deux à bord de leur carrosse en plastique. Ils ont pris au nord, vers l'Italie.

— Un truc.

— Quel genre?

— Genre que Pedro est dedans.

— Une crosse?

— Non, c'est légal!

— …

— Guignolée des médias… queque chose comme.

— Ah bon, ça donne quoi?

— Ça donne exactement dix-huit secondes d'un côté comme de l'autre pour ramasser le plus d'argent possible.

On échange comme ça depuis une bonne vingtaine de minutes, le temps de rentrer les poches de graines torréfiées. À vingt kilos la poche, ça nous laisse juste assez de souffle pour dialoguer par onomatopées.

— À qui va l'argent?

— À des œuvres de charité. Les p'tits-déjeuners… pis les autres.

— Les kodaks vont être là?

— Tu parles! Toute compétition confondue, y vont tous y être.

— Du café pour tout le monde?

— Pour tout le monde… durant trois heures.

— T'as pas peur de nous ruiner?

— Bof! On ira manger aux p'tits-déjeuners!

— Plus j'y pense, plus je me dis que c'est une occasion, Max.

— … de nous ruiner?

— T'as vérifié pour l'intersection?

— Coin Van Horne/Saint-Laurent. J'ai déjà réservé l'emplacement.

Plus tard dans la journée, les policiers sont venus nous expliquer le bon fonctionnement de l'événement prévu pour vendredi, de 6 à 9.

— Les individus porteront une veste qui les identifiera à l'événement. Seuls les individus portant la veste seront autorisés à la sollicitation. Les individus devront attendre les signaux de traverse des piétons pour se rendre jusqu'aux véhicules. Ils auront dix-huit secondes pour s'exécuter. Les automobilistes doivent faire leurs dons en demeurant dans le véhicule.

Le policier qui nous donne les directives a utilisé les mots «véhicule» ainsi qu'«individu» à une vingtaine de reprises en l'espace de cinq minutes d'explications. Cette nouvelle génération de flics est tellement formatée que j'ai l'impression d'entendre un robot me décrire l'activité sur terre.

— D'accord, a dit Max, merci à vous deux.

Je leur ai offert un café, mais ils devaient repartir sur-le-champ, ils venaient d'avoir un call.

— On se reprendra vendredi, a lancé le plus petit des deux.

On a observé les individus remonter dans leur véhicule. Ils ont pris leur envol en direction d'une autre galaxie nommée Hochelaga-Maisonneuve.

— Tu vois, le plus petit, ben si on était à l'époque de mon père, y devrait se contenter d'un boulot administratif. Dans le temps, fallait être grand et gros pour être policier patrouilleur, dit Max.

— Y avait pas de femme flic non plus ?

— Dans les bureaux seulement.

— Pis dans les motels avec des confrères après cinq heures.

— Pendant que ma mère préparait le souper…

On s'est mis à déblatérer sur le fiasco familial qu'avait été la jeunesse de Max, tout en souhaitant que notre investissement publicitaire de vendredi prochain ne provoque pas le nôtre.

— Ainsi donc, tu as une âme, Pedro ?

— Quoi ? Parle plus fort, j'entends rien avec cette musique... Un âne ? Qu'est-ce tu racontes ?

Et peut-être entend-il aussi que sa grand-mère apprécie le dernier Madonna ?

Chaque mois, Pedro et ses sœurs organisent un souper chez leur mémé. Quand je dis qu'ils organisent, je veux dire qu'ils apportent tout. La salade, les viandes froides, le dessert, le vin, le café. Et la musique. Il y a belle lurette que le poêle de Mémé ne sert qu'à accueillir les magazines qu'elle se promet de classer... plus tard, comme elle dit. *Le Bel-Âge, Photo Police, Prions en Église.*

— Elle va foutre le feu, Pedro.

— J'ai retiré les fusibles, dit-il en souriant.

Y a plus à en douter, ces enfants-là se surpassent pour rendre heureuse leur mémé d'amour.

Ils m'ont invité, cela arrive régulièrement. J'accepte chaque occasion en me promettant que celle-là est la dernière.

La plus jeune des trois sœurs ne cesse de remplir mon verre déjà plein à ras bord... Je fais un essai.

— Putain, Pedro, pouach ! Tu pourrais boire autre chose, crisse t'es millionnaire.

— C'est son vin préféré, fais un effort.

La madone s'époumone dans la sono de Mémé, tout le monde moins une donne l'impression de s'amuser. Pire, ils ouvrent une nouvelle bouteille :

Fontaine de Provence, blanc sec avec un arôme de fruits frais. J'ai plutôt l'impression que quelqu'un y a versé l'eau de toilette de la vieille.

On prend un verre, on parle de plus en plus fort, elle parle de moins en moins. Même son chat fout le camp sous le lit, il attend sagement que le cirque remballe pour reprendre sa place en autorité dans l'appartement.

Elle se cloître dans son petit monde pendant que s'éclate la galerie.

— On te prend en photo, Mamie, allez, un sourire !

Mémé a autant envie de sourire que j'ai l'intention de réciter une fable de La Fontaine en serbo-croate. Alors on s'obstine à lui faire apprécier les photos de la dernière fête. La pauvre ne peut faire mieux que de confondre la bouille de son fils adoré avec le mari d'une de ses filles.

— Laisse tomber, lance Pedro à sa sœur qui insiste.

— Tu te souviens pas, le mois dernier, regarde tout le monde sur la photo, hein ? Lui, qui c'est, tu le reconnais ?

— Laisse tomber, Lisa, répète Pedro, qui bien que soûl n'en a pas perdu pour autant son sens de la charité chrétienne.

En vérité, je vous le dis : ces réunions de famille servent beaucoup plus à sécuriser ceux qui les organisent que celle qui se fait organiser. Les sœurs de

Pedro essaient de faire réagir la mémé, espérant je sais pas quoi : que se réactivent les cellules bouffées par l'Alzheimer, peut-être.

Vous avez perdu, les filles, on a tous perdu et vous savez quoi ? On a rien à foutre ici.

— Pourquoi tu insistes pour que j'assiste à ces soupers, Pedro ?

— C'est pas moi, c'est Mémé qui le demande. Tu fais partie de la famille, qu'elle dit.

— Arrête ça, tu veux, y a longtemps qu'elle fait plus la différence entre moi et Rintintin.

— Je te dis... Je suis convaincu que ça lui fait le plus grand bien.

— Quand je quitte, oui !

Un peu plus j'aboyais, puis donnais la patte pour le remercier...

Arrive enfin le moment où il ne reste plus de parfum dans nos coupes. Nos discussions sont vides comme nos assiettes, Mémé n'a presque pas touché la sienne.

Péniblement, elle se lève pour raccompagner tout le monde à la sortie. Pedro avait les sacs de poubelles dans les deux mains pendant qu'il embrassait sa grand-maman. Moi, j'étais là derrière, à attendre mon tour. Généralement, c'est à ce moment que je me prépare une petite phrase de sortie, du genre : «Vous avez l'air bien ce soir, continuez comme ça, à bientôt ! »

Cette fois, c'est elle qui attaque la première:

— Et toi, la santé, ça va toujours bien? Les résultats des derniers examens sont bons?

Nous étions débarqués chez elle comme une horde de bûcherons.

Mémé venait de me scier.

Je me suis éveillé une première fois, il était 4h45, j'ai refermé les yeux. Puis, 4h52, là je me suis dit que c'était une belle heure pour aller courir. Ils disent qu'avec le facteur vent, il fait −25°c.

Rien à foutre de ce qu'ils disent, du facteur non plus.

Les lumières sont encore allumées partout, j'ai l'impression d'être hier. Ça m'arrive parfois, cette sensation de pouvoir tricher le temps. C'est une raison suffisante pour me lever tôt.

J'aime bien courir, ça m'oxygène, la sensation que des millions de cellules se mettent en marche à l'intérieur du bonhomme. Le corps rentre au travail.

Jamais de la même manière ou selon le même horaire, mais j'en arrive toujours au résultat recherché. Au bout d'une vingtaine de minutes, la vie se confirme. J'existe.

Je jogge seul mais avec tout plein d'idées. Il s'agit d'une transition qui me permet d'abandonner la nuit pour m'accrocher au jour et à ses obligations. Parfois, une pensée que je croyais perdue à jamais refait surface à grand renfort de CO_2. Tantôt, c'est une idée toute neuve que je tente de ne pas oublier d'ici mon retour. C'est pour cette raison que je cours rarement plus de trente minutes.

Un exemple? Ce matin, c'était:

«J'irai m'acheter une Bass... Pourquoi pas une guitare?... Trop de cordes, la guitare... C'est loser, une Bass?... Paul McCartney?... Gene Simon?... Le dernier a une grande langue... L'autre a une grande gueule...»

Et ainsi de suite au gré des foulées et de la respiration.

Voilà, je suis de retour. La télé est ouverte, Monique est partie. C'est même pas vrai qu'il a fait −25, il fait −27. Je ferme cette boîte à mensonges. Monique a cette sale habitude d'ouvrir le tube pendant qu'elle se maquille le matin, en plus, elle regarde même pas. Par contre, ce matin, elle a pris le temps de feuilleter *La Presse*.

Un article habilement déchiré m'attend sur la table:

«LES ANTIDÉPRESSEURS ET L'APPÉTIT SEXUEL».

Je m'en vais prendre une douche. Je repense à la Bass. Je me lave la queue. Je pense à l'article sur la table.

J'ai encore la serviette autour de la taille quand je me verse un jus d'orange. Je me regarde dans le toaster et me demande si Monique me trouve séduisant, pour un jeune pépé rescapé de la table d'opération.

Je fais une lecture rapide du papier. Je me heurte aux mots suivants : statistiques, impuissance, pourcentage, alcool, dépression, maladie.

Assez pour me faire une idée. Assez pour comprendre que la belle Monique se fait du souci pour moi. Si elle savait. J'ai pas touché un seul antidépresseur en cinq renouvellements de prescription. C'est rien pour la réconforter, je sais. Moi, ça me rassure : je ne fais pas partie de leurs statistiques.

Je dépose l'article sur la table. À l'endos, il y a l'extrait d'une étude beaucoup moins scientifique :

«POURQUOI LES HOMMES VONT AUX DANSEUSES, MAIS REFUSENT QUE LEUR FEMME PORTE DES VÊTEMENTS SEXY».

Tiens tiens tiens. Pendant que je passe des vêtements chauds, se bousculent tout plein de réponses dans ma grosse tête. C'est l'effet post-jogging.

J'ai fait griller des bagels, j'ai eu une pensée pour le papa flic de Max. Ça m'a même donné l'idée de sonder les voisins du dessous : Wilfred pis

Annick, un beau p'tit couple fraîchement hypo-
théqué, rien à voir avec la maf. Encore, si c'était le
voisin d'en face, je dis pas. Jocelyn, son nom.
Toujours au Costa Rica, Jocelyn. Entre le gym et la
boutique Armani, il s'arrête régulièrement prendre
un café.

— C'est qui déjà, l'Italo-Québécois qui te salue
comme son frère ? me demande Max à l'occasion.

Ça l'interpelle. Doit y avoir un petit fond d'ins-
pecteur là-dessous, que je me dis.

— C'est mon voisin d'en face. S'appelle Jocelyn.
— Jocelyn qui ?
— Rizutto.
— Fuck, tu m'niaises ?
— Un peu, oui.
— Il les prend où, toutes ces bagnoles, jamais
la même ? Doit pas t'emprunter ton vélo bien sou-
vent, j'gage.

— J'emprunte pas souvent ses bagnoles non
plus. Je n'oserais même pas le lui demander.

— Pourquoi donc, t'aurais peur qu'elles explo-
sent ?

— C'est pas ça, c'est que… une belle bagnole,
ça ne se partage pas !

Max est d'accord. Nous sommes tous d'accord.

La voilà donc, la réponse à leur question exis-
tentielle. Je m'apprête à envoyer un courriel à *La
Presse*.

Les hommes ne veulent pas que leur femme flashe trop parce qu'ils préfèrent éviter qu'on leur demande de l'essayer...

Je sais pas pourquoi, malgré cette grande découverte en psychologie appliquée, j'hésite à appuyer sur *send.*

Bon, faut aller travailler.

Depuis le succès remporté lors de la Guignolée, les flics nous courent après. C'est à cause de Max. Il est tellement pute qu'il a fait fabriquer des bagues de papier que l'on passe autour des gobelets de carton quand ce sont des policiers qui commandent un café. C'est inscrit «POLICE MTL» dessus.

— Hé! Quand on aura vendu nos franchises partout de par le monde, faudra varier nos inventaires, Max. «POLICE N.Y.», «POLICE L.A.», «POLICE LAC-ETCHEMIN».

— Surtout, tu les donnes seulement aux flics, hein?

Ces derniers, à ma grande surprise, comptent pour le tiers de notre clientèle. Je savais pas qu'ils aimaient à ce point les cappuccinos. Ils nous suivent pas à pas. Dans l'est? Aussitôt l'intersection repérée, ils avisent par radio et les confrères arrivent. Dans l'ouest? Même chose, je pense que ça les excite de courir derrière Michou.

Capouch, capouch, capouch, savent dire que ça. Les leviers de LaCimbali se font aller la matraque. On a tout juste le temps de les servir qu'ils sont déjà repartis.

Mais lorsque se pointe une p'tite grosse dame, de celles qui me traitent comme une merde, paf! Je lui passe la bague au gobelet, chanceuse. J'ai même l'audace de lui dire que c'est gratuit pour elle aujourd'hui. Je lui fais le plus beau des sourires et voilà-ti-pas mon Mussolini en jupe qui dévale la Main avec son «POLICE MTL» tout chaud à la main.

Généralement, ce genre de personnage ne devient pas un client régulier.

Généralement, ce genre de personnage conserve sa tête bovine.

Le client suivant est le sosie de monsieur Ouellet. Tout ça me revient subitement, comme un chapitre qui refuse de s'effacer. Sélectionner tout. *Enter*. Rien à faire...

Je l'aimais bien, le p'tit monsieur Ouellet. Nous étions hospitalisés au même étage, j'avais pris l'habitude de passer par sa chambre à chacune de mes marches de santé. Mais voilà qu'au bout d'un certain temps, ils l'ont jugée suffisamment bonne, ma santé, et ils m'ont donné mon congé.

— Et qu'est-ce que je fais de mon ami?

— Vous pourrez toujours venir le voir pour quelque temps… de toute façon.

Je devais comprendre que ça n'allait pas durer des mois.

Certaines journées, il était pas trop mal, même qu'on rigolait ferme tous les deux. D'autres jours, il me fallait le calmer, le pauvre. Il racontait qu'on l'avait retrouvé en face de l'hôpital, sur le trottoir.

— Ben non! Vous avez rêvé ça! avait beau argumenter la travailleuse sociale, mais il était trop freaké pour entendre raison.

Va donc t'obstiner avec une double dose de morphine, toi!

Il avait dû être très beau lorsqu'il était jeune. Ça se devinait à ses yeux verts, qui devenaient un peu plus vaselineux à mesure que les journées passaient. Sa tête désormais chauve et recouverte de gales à cause des biopsies tenait de plus en plus difficilement sur le dessus de son corps… De ce qui restait de son corps.

— Vous avez mangé quoi, aujourd'hui, monsieur Ouellet?

Ça le mêlait toujours un peu, ce genre de question, mais il arrivait à se rappeler avec assez de précision. J'avais l'impression de lui faire repasser ses leçons.

Il m'arrivait malheureusement de croiser sa fille à l'occasion. Pas particulièrement gentille, pas particulièrement jolie non plus. Ninon, ou Mona... ou Manon, ou Nina, qu'importe. Souvent elle traînait à l'extérieur devant la porte de l'hôpital, à fumer des zigounes.

— Vous fumez beaucoup, mademoiselle?

— Deux paquets.

— Z'êtes pas peureuse, avec un papa qui souffre d'un cancer du poumon.

— Wof, me dis qu'y faut ben mourir de queque chose, hein. J'ai pas peur de t'ça, mourir, moé.

T'as raison, ma chérie, la mort, c'est rien, c'est le mois avant qui est tough.

J'ai décidé d'entrer avant qu'elle essaie de me convaincre que mourir n'avait jamais tué personne!

Plus tard, elle est montée nous rejoindre à la chambre et, avec cette voix charmante qui me rappelait le regretté Maurice Mad Dog Vachon (je sais qu'il est pas mort, mais je m'ennuie de plus le voir aussi souvent), elle a attaqué:

— Ben non, pepa, t'as pas mangé ça pantoute, qu'est-ce tu dis là, a-t-elle aboyé.

Disons qu'elle avait moins d'aptitude que moi pour les leçons. Son insécurité prenait le dessus. La peur et le chagrin aussi, j'ose croire.

— Tu m'avais dit que tu passerais plus tôt, s'est essayé monsieur Ouellet.

— T'es encore toute mélangé, pepa, je t'ai dit ça hier. Aujourd'hui c'est mardi, mardi tu l'sais, j'ai ma réunion mardi. Voyons !

Ben sûr, chose. C'est certain qu'il consulte ton agenda tous les matins, entre le changement de sa couche et le lavement baryté.

Je mettais tout ça sur le dos de la panique face à la souffrance, face à la mort. On dit quoi dans ce temps-là, on fait quoi ? Ce sont pas des choses que l'on nous apprend à l'école, c'est vrai, pas plus qu'à la réunion du mardi.

Faut faire de son mieux, faut improviser. Certains sont meilleurs que d'autres, c'est tout, comme à la LNI. Et, comme à la LNI, des fois, j'aurais envie de lancer des claques.

— Vous avez jamais fait ça, de la lutte, monsieur Ouellet ?

— D'la lutte ? qu'il me répond. Non, jamais, pour quoi cé faire tu demandes ça ?

— Comme ça. Des fois vous auriez envie d'péter la gueule à Mad Dog.

Ça fait déjà deux mois que ça dure. Ce matin, on l'a déménagé encore. Chaque fois qu'il gagne un étage, il perd une semaine.

Lorsque je suis entré dans sa chambre, la semaine dernière, il regardait des cartoons à la télé, il était mort de rire.

La semaine d'après, il était mort tout court.

J'ai troqué mon cuissard pour un veston trop grand que Max m'a refilé. Je suis assis, le dos raide, avec l'assurance de celui qui s'est trompé d'église, de jour et de planète.

L'orgue résonne dans toute la place. La famille est assise aux premiers rangs, ils ont tous un gros nez rouge de circonstance qu'ils épongent tour à tour en se fournissant l'un l'autre en Kleenex.

Le prêtre est à nous raconter des anecdotes sur la vie de garçon du défunt. Ses enfants arrivent à rire tout en continuant de pleurer. Puis, tout le monde se lève pour la communion, suivie d'une séance de douleur autour de l'urne. Je me mets à l'écart, il y a cette photo de lui sur l'autel, au travers des fleurs.

C'est vrai qu'il était beau du temps de sa jeunesse, je m'étais pas trompé. Rien à voir avec le p'tit grand-père chauve de vingt livres des derniers jours. J'en ai des vertiges.

Comment le corps peut-il se dessécher à ce point ?

Le cancer t'a bouffé tout cru, monsieur Ouellet.

Mes yeux, tout comme mes pensées, se posent tantôt sur l'urne, tantôt sur la photo de jeunesse, des fois aussi sur le visage de plus en plus laid de sa fille éplorée.

Des filles, il y en a tout plein la baraque, et de tous âges, nièces, petites-cousines, et d'autres...

Je me demande si monsieur Ouellet a été ambitieux, sportif, économe, jaloux, menteur, et aussi... S'il a été au cul.

J'ai marché jusqu'à la roulotte. J'ai enfilé mon tablier, Max ne s'occupait pas de moi... Par égard. M'a quand même dit :

— Tu devrais pas retirer ta veste maintenant.

— Pourquoi donc ?

En regardant sa montre, il a ajouté :

— Tu vas être en retard pour ton entrevue.

L'entrevue ! J'allais oublier.

— Merci, Max.

Je reviens sur terre, j'emporte la veste et je scram.

En plein le genre d'endroit que je déteste. Pour la faune qui l'anime autant que pour ce qu'on y fait, c'est-à-dire rien. Et finalement parce que le café est... drab.

Enfin, j'attends une petite équipe de la télé communautaire, venue me faire parler de mon livre. Je sais pas quoi dire, j'espère qu'ils ont de meilleures questions que les mauvaises réponses que je suis à préfabriquer.

Je suis adossé à trois jeunes hommes fraîchement débarqués et fraîchement épilés, from Toronto, d'après ce qu'il m'est impossible de ne pas entendre.

J'étais ici le premier, je vais pas changer de place, no way !

Il y a cette plante juste à côté, qui est fort jolie, la fenêtre se trouve à ma droite, ce qui donnera au caméraman mon plus beau profil.

C'est un de ces endroits qui appartiennent à tout le monde. On y installe son portable, on commande un mauvais café, on peut même acheter un livre populaire grand tirage, faire semblant de le lire et, pire, donner l'impression qu'on y apprend de grandes choses. Je ne voudrais pas me prononcer trop vite mais, d'après mes observations, ils s'approvisionnent en bouquins et en café au même endroit.

Je viens de voir passer un type avec une caméra sur l'épaule, il est entré puis il est ressorti aussi vite. C'est pas moi qui vais courir après, c'est sûr. J'essaie de me faire le plus discret possible. J'y mets tellement de rigueur que le type à la caméra m'a pris pour une plante.

Les boys from Trontâ, derrière, font état de leurs jouissances respectives à venir Downtown Montreal.

Genuine… Yeah !

Genuine également de les entendre s'émoustiller à propos du *Da Vinci Code*.

— So gorgious, the guy's so brilliant, you know… well you know…

Je ne know pas du tout et n'ai pas du tout l'intention de knowing d'ici peu, thanks !

J'en suis presque rendu au stade d'espérer que l'équipe se pointe au plus crisse, c'est vous dire mon niveau d'impatience.

J'ai parlé trop vite, ils arrivent, ils cherchent et je suis obligé de leur faire signe. L'animatrice s'appelle Nancy. Bonjour, Nancy. Le gars du son (son nom), le caméraman (son nom), la script (son nom). Chaque fois, c'est pareil, aussitôt la poignée de main dépoignée, j'oublie tous les noms.

Le gars de la caméra me fuck tout mon setup. On va plutôt s'installer là-bas, qu'il dit, meilleur pour l'angle. Le proprio est super content, on va voir les pâtisseries derrière.

Tout s'enchaîne rapidement, première nouvelle, le gars crie «Rolling», j'ai le spot en pleine face, les Trontâ Boys me mangent des yeux et, coup de chance, Nancy me donne l'impression d'avoir dévoré la première ainsi que la dernière page de mon livre. Elle cite devant la caméra, et sans cue-card s'il vous plaît, le nom de l'auteur, le titre et la maison d'édition, avec un aplomb à donner des frissons. C'est Gustave qui va être content.

Je deviens engourdi, comme atteint du syndrome des mets chinois. Tout est flou, même les gars du Haut-Canada.

Soudain, je perçois la réplique suivante:

— Eh bien, c'est déjà tout, merci encore, et avant que l'on se quitte, je peux vous demander de quoi parlera votre prochaine œuvre?

— Je...

— Bien sûr, c'est un secret bien gardé, alors bonne chance. Et vous, à la maison, gros, gros bisou. C'est Nancy qui vous dit: à la semaine prochaine.

Toronto applaudit à tout rompre, ça paraît qu'ils n'ont rien saisi. Le proprio jubile, on a montré ses muffins en gros plan du début à la fin.

L'équipe remballe pendant que je vide une bouteille d'eau, avec l'impression d'avoir terminé un marathon en Amazonie. Comble du malheur: le proprio m'offre un café.

Les gars de l'Ouest n'en finissent plus de m'adorer, «Who is he? So gorgious.» Pour peu, ils m'offriraient de me faire couler un bain.

Pour toutes ces raisons et d'autres, je quitte sans avoir omis de remercier le proprio.

— C'est quand que tu veux, my pleasure.

Je lui demande une dernière faveur. J'achète un exemplaire, format poche, du *Da Vinci Code*, et je le fais porter à la table des boys. À l'intérieur, j'ai gribouillé : «*To my friends! Dan*».

Ben quoi ? y a pas de mal à répandre un peu de bonheur autour de soi, fût-il faux (c'est de moi, pas de Dan).

En arrivant chez moi, j'avais un message de Gustave qui disait :

— Encore une fois bravo, j'ai regardé. Vous devenez de plus en plus à l'aise devant les caméras. Et comment dire... je ne m'attendais pas, à la toute fin, à ce que vous livriez l'ensemble de la prochaine œuvre dans sa totalité. C'est du jamais vu.

Je ne baise pas avec Monique, je lui fais l'amour, c'est pas pareil.

— Pas pareil comme quoi ?
— Comme avec les autres, répond Monique.

Nous sommes allongés côte à côte sur le lit. C'est dimanche après-midi, rien ne presse et bientôt on va manger toutes sortes de choses. Le dimanche, on mange toutes sortes de choses.

Je regarde le plafond, Monique prend ma main dans la sienne et la serre contre sa hanche.

— On va s'attacher si tu continues comme ça.

Ça la met hors d'elle quand je dis ce genre de bêtises dans des moments inopportuns.

— Arrête de dire des sottises, tu veux, des fois ça me fait peur.

— Qu'on s'attache?

— …

— Tant pis, je t'aurai prévenue, Monique, ensuite viens pas me dire que ça te brise le cœur de me retourner à l'animalerie.

Plus sérieusement, elle dit qu'avec les autres, c'était: moins de temps pour elle et plus pour l'autre.

C'est parce qu'ils sont pétants de santé, tes autres, Monique. Moi, je récupère, j'essaie de rejoindre le peloton afin qu'il me garde à l'abri du vent. Plus tard, qui sait? Peut-être une échappée.

— T'as hâte que je m'échappe, Monique?

— Échapper quoi?

Elle est un peu somnolente, la belle, et c'est tant mieux. Lorsque je commence à délirer de la sorte, vaut mieux qu'elle soit un peu comateuse.

C'est aussi beaucoup parce que je la trouve très belle que je passe de longs moments à la flatter dans tous les sens, à la renifler aussi, comme un chien le museau fourré partout.

Je prends des heures à la faire jouir, j'arrête, je reprends, je fais un détour et je reviens là où nous avions laissé. Plus Monique me dit d'arrêter, moins

j'obéis, et comme elle a toujours pas alerté la four-
rière, alors…

J'arrête un peu pour boire de l'eau et je reprends.
Brave bête.

— Monique, je t'ai déjà mordue?
— Qu'est-ce que tu racontes?
— C'était pour voir si tu dormais.
— Je dors pas, j'ai faim. On mange?

Tu parles, on a sorti tous les restes du frigo et
on les a foutus sur la table. Des œufs durs avec du
tahini, des cornichons, des bagels, une merguez et
un fond de vin blanc. Et franchement, c'était bon.
Tellement que le téléphone a sonné et je me suis
même pas levé pour répondre.

— Tu réponds pas?
— … liberté.
— Si c'était urgent?
— … 911.

À un certain moment, on n'avait plus faim.
Monique m'a demandé:

— T'as déjà été au Maroc?
— Non, jamais.

Elle s'est levée pour aller se passer la soie den-
taire. Avec l'eau du robinet qui coulait, elle faisait
de grands efforts pour se faire entendre, de sa petite
voix éraillée:

— Au bout de trois jours, j'avais du sable partout. Pas moyen de trouver un vêtement sans sable.

Dans les valises, dans les pots de crème, j'en avais entre les dents, partout.

J'ai l'impression d'entendre Rod Stewart tellement elle cherche à performer.

— Monique... Monique, ferme un peu tout ça et viens ici.

Elle s'est amenée et s'est assise sur mes genoux. Elle a poursuivi son récit, tout bas, avec juste ce qu'il faut de souffle :

— La nuit, on dormait sous les étoiles. Le guide nous préparait du thé, puis il se mettait à prier, à chanter. Je m'enfilais dans le sleeping jusqu'au nez et je regardais le plus beau spectacle qu'il m'ait été donné de voir. Le guide disait qu'un chaman lui avait raconté un jour que les étoiles nous regardaient, et non l'inverse. Et qu'elles faisaient un vœu chaque fois qu'elles nous apercevaient. C'est pour cette raison qu'elles scintillent. Alors, j'avais une pensée pour tous ceux que j'aimais, un à un, et je m'endormais. C'était ma prière.

— Ta voix...

— Qu'est-ce qu'elle a, ma voix ?

— C'est à cause du sable aussi !

Un kilo d'ignorance avec la même quantité de peur, ficelé bien serré. C'est pour emporter, svp !

Monsieur Paré, qu'il s'appelait, il avait les joues rouge sang de celui qui s'envoie un calvados entre deux côtes de mouton bien grasses. Il les mangeait pas, il les préparait pour sa distinguée clientèle. «Ennnnnsuideçamadam!»: c'était son cri de ralliement, d'attaque, ça obligeait le sujet visé à se dire: «Cou-donc, j'oublies-tu quequ'chose, moi là?»

Je faisais beaucoup de vélo à l'époque. Les compétitions, l'entraînement, les intervalles sous la pluie, name it. J'étais toujours sur les boyaux, j'avais à peine quatorze ans et déjà anxieux d'avoir tant de temps.

Monsieur Paré, lui, ça le faisait rire. Il essuyait ses mains sur son tablier et venait à ma rencontre lorsque j'entrais dans sa boucherie. Il m'examinait de la tête aux pieds dans mon uniforme de coureur et il beuglait:

— T'as encore maigri, ma foi du BonYeu!

À mon tour, j'observais l'homme dans sa demi-tonne de viande, la sienne, comme celle débitée et accrochée tout autour de lui, et je me retenais de lui répondre:

«Vous portez le nœud papillon à merveille, pour un bœuf!»

Il s'arrêtait instantanément de travailler pour me faire jasette, j'ai jamais su pourquoi. Je ne venais pas chercher de commande, ma mère l'avait déjà faite plus tôt, non plus lui apporter l'argent de mon père. Je venais simplement me peser, et ça, il n'en revenait tout simplement pas.

Remarquez, c'était pas tous les jours qu'il avait l'occasion de voir une carcasse de viande vivante venir se peser de son propre chef, ça l'amusait. Aussitôt le commérage terminé, il se remettait au travail, l'essentiel de sa vie. Je prenais la route de l'arrière-boutique en me faufilant entre les lanières de plastique teintées de sang figé. À travers les silhouettes d'anciens brouteurs trônait, dans le coin le plus froid de la pièce, la Toledo. Antique et magnifique balance sur pied, qui avait vu défiler d'innombrables têtes de lard bien avant la mienne, et ce, pendant des décennies.

Je n'avais qu'à installer la feuille de papier brun et je montais dessus sans même enlever mes souliers de cycliste. Je connaissais leur poids, que je soustrayais du résultat par la suite.

J'ai fait ça pendant des années et, durant tout ce temps, ma courbe était inversement proportionnelle à celle de monsieur Paré.

Il avait raison, surtout vers la fin, je perdais du poids pendant que lui en accumulait sous le tablier.

Plus tard, le cancer s'est jeté sur moi aussi brutalement qu'on empale un quartier de bœuf sur son crochet. J'ai été, moi aussi, suspendu dans le vide pendant de longs mois avant qu'un médecin m'en décroche pour me permettre de reprendre vie.

J'essaie encore d'y arriver, d'ailleurs. Je recouvre un peu la forme, c'est long, plus souvent qu'autrement la pente m'apparaît plus abrupte qu'auparavant, voire impossible à remonter.

J'en suis parfois à me demander s'ils n'ont pas remonté le degré des côtes de mon quartier pendant que j'étais au repos.

Ben non, personne n'a remonté quoi que ce soit. C'est le cancer qui m'a rabaissé.

Les derniers temps, mon boucher favori a commencé à moins me sourire, même que des fois je ressentais plus de gêne que de compassion quand j'entrais dans sa morgue. Je m'en faisais pour lui au début, j'ai cru qu'il était peut-être malade à son tour, je compatissais, j'étais le premier à lui dire de pas lâcher :

— Accrochez-vous, monsieur Paré !

Il levait des yeux vides sur ses crochets froids. Il me cachait quelque chose.

Quelques mois ont passé, puis c'est lui qui est parti le premier. Le cœur, je crois, ou autres abats, je sais plus très bien. Travaillait trop fort, monsieur Paré. Ses carcasses auront eu raison de lui.

J'ai fini par apprendre, un jour, par hasard, en prenant un café avec son neveu.

— Il voulait plus que tu viennes au magasin, qu'il m'a dit, à cause de ton cancer. Il avait peur pour la viande. Il croyait que ses clients pouvaient mourir à cause de toi.

Le journal est là, bien ouvert devant moi : Nécrologie. Quel sale mot.

Monsieur Paré s'y trouve, rougeaud malgré le noir et blanc de la photo. Bien en santé malgré la mort. Une demi-tonne d'ignorance et de peur bien ficelées.

À 99 ¢ la livre, ça fait combien ?

Ennnnnsuideça, monsieur Paré ?

— C'est pas que je sois devenu insensible à certains faits, mais bon.

Combien de fois j'en ai reçu, de ces appels à l'aide, mon Dieu combien...

Y A QUE TOI QUI PUISSES COMPRENDRE, TU SAIS, ou encore, MON MÉDECIN ME RAPPELLE PAS, MERDE, JE SENS QU'IL ME CACHE DE MAU-VAISES NOUVELLES, TOI C'ÉTAIT COMMENT ?

Mais dans mes oreilles, ça sonne plutôt comme : JE T'EN PRIE, VIENS VITE ME SAUVER LA VIE, MAIS TÉLÉPHONE D'ABORD, DES FOIS QUE JE SERAIS PAS REVENU DE CHEZ COSTCO.

Peut-être que je suis juste blasé. Peut-être que je devrais me décider à ouvrir la pharmacie et atta-quer ma première prescription d'antidépresseurs avant qu'elle soit plus fraîche. Je sais pas, c'est-tu comme les bagels?

Je me fais toutes ces réflexions en marchant en direction de La Maison du Repos. Je m'en vais offrir à Bob de venir le chercher vendredi, pour sa sortie.

J'en reviens pas encore: sortir de La Maison du Repos. Vivant.

J'imagine qu'il s'était assez reposé.

Autre chose dont je ne reviens pas non plus: la sœur unique de Bob, unique dans tous les sens, a refusé d'aller le cueillir par crainte d'attraper des microbes.

Tout d'un coup, ça m'a rappelé cette tante. À l'époque, nous avions la manie d'appeler tante ou oncle tous les amis de nos parents. Toujours est-il que cette célibataire endurcie, alors que ma mère l'invitait à passer un week-end à la maison pour lui changer les idées, avait la fâcheuse habitude de demander si un des enfants avait la grippe. Ma mère la recevait régulièrement, pour la distraire de sa vie misérable de fonctionnaire d'État.

— Ça lui fait tellement de bien! nous disait notre mère.

C'est génétique, chez nous, ce besoin de vouloir sauver les autres.

— Parce que tu comprends... revenir chez moi avec la grippe... manquer le bureau...

T'en fais pas, ils sont tous au sous-sol, dans leur panier. Je viens de changer la litière. On sera tranquille pour le week-end.

Voilà ce que ma mère aurait dû lui répondre.

Fait que... Bob déclina mon offre.

— T'as peur que je vienne te chercher à vélo, mon Bob ?

— C'est pas ça. Charlie m'a téléphoné, ils annoncent une tempête.

Faut savoir. Charlie fait du déneigement de nuit. Il a dans la cabine de son dix-huit roues un système de son à faire fondre la glace du Centre Bell. Il a aussi l'habitude de n'écouter que du Wagner.

— Il m'a promis Tannhaüser, dit Bob.

Je suis forcé d'admettre que je fais pas le poids. En plus, Charlie a un pusher colombien qui lui refile de la très très grande qualité.

Quand même. Je les imagine, vus de face, disons : du trou du cul du bulldog, sur le capot du Mack Truck : les deux sbires, les yeux grands comme des pizzas, en plein blizzard, avec Wagner dans le piton.

Comme sortie, t'aurais pas pu avoir mieux, mon Bob.

À regarder la tête du maire à la télé, ce matin, j'ai su qu'il se passait quelque chose de grave.

Déconfite qu'elle était, sa bouille. Le regard sombre, la paupière lourde, reflet d'une longue nuit d'insomnie minée par l'éveil soucieux. Grave était le ton. Et il avait encore rien dit.

Mais que pouvait bien être cette catastrophe sur le point de s'abattre sur ma ville? J'allais l'apprendre dans les prochaines minutes lors de son adresse à la nation.

Une erreur s'était produite lors du dévoilement du dernier budget. Ce n'était pas .022 % mais bien .023 % que la ville puiserait directement dans les poches de ses citoyens pour la réfection des rues de notre ville. Ce détail aux allures anodines aurait pu miner la confiance de ses électeurs, il s'en voyait navré.

— C'est tout?

— C'est tout.

J'ai essayé sur d'autres canaux, même chose. Mêmes discours, mêmes paroles, mêmes regrets. Même constat.

Pauvre con prétentieux qui me prend pour un plouc attardé. Va donc faire un tour au troisième, va voir ces enfants cent fois plus courageux que toi, mille fois moins vaniteux. Si un jour tu découvres en toi la propension à vouloir affronter de vrais problèmes. D'entendre des questions pour lesquelles il n'existe peu ou pas de réponse. Tu constateras alors qu'aucune tête à cet étage ne reflète cette fausse image de pitié maquillée que tu nous proposes ce matin.

Laisse-moi te raconter.

Comment fera la petite Mimi, quatre ans, pour supporter sa dernière série de traitements, elle dont le fragile corps n'est plus en mesure de tolérer le moindre millilitre de chimio ?

— On va t'endormir, Mimi.

— Pour toujours ?

Non, pour une heure ou deux, ma petite. Pire, ensuite on va te réveiller.

Et ça va recommencer à te faire mal. Et tu vas de nouveau questionner ta maman pour savoir quand ça fera plus mal.

Quand on va t'endormir de nouveau ?

Quand tu vas dormir pour toujours ?

Quand... ?

C'est ça qui blesse dans la rémission. C'est ça qui tue dans la rémission.

Le téléphone hystérique de la sœur qui tient absolument à ce que l'autre sœur ne sache pas.

L'inverse.

La voiture d'une connaissance qu'est déjà sale alors qu'elle vient de payer pour la faire laver.

La peine d'amour d'un collègue qui, selon ses propres paroles, n'était pas en amour tant que ça, finalement, mais qui vous a pris une heure de votre temps pareil.

L'inquiétante bursite de la voisine qui remet en question son voyage en Floride. En plus, il s'est mis à pleuvoir juste comme elle sortait de chez le coiffeur.

La recette qui colle au fond.

Le mou qui devient dur, sans explication.

Et merde! Merde à tous!! Sauf Mimi.

Je change de poste. La Miss Météo n'arrête pas d'en soustraire. En cinq minutes, elle est passée de −27 à −30. À l'entendre, ce sera l'hiver pour la première fois en Amérique du Nord.

Je ferme la télé. Le précieux temps qui s'écoule à écouter des bêtises ne se rattrape jamais.

J'ai besoin de prendre l'air.

Il est venu s'asseoir près de moi, sur le banc. Un gros matou jaune et brun, genre chatte d'Espagne version conquistador. Pas racoleur pour cinq cennes, pas de minouchage, pas de beaux yeux, rien de tout ça. Je lui ai dit:

— T'as pas froid, toi, c'est décembre?

Il ne m'a pas répondu, comme si, en plus d'être gros, couetté et laid, il était sourd.

Comme moi, il se contentait de regarder passer les voitures et Dieu sait combien il en passe, des voitures, sur Saint-Denis.

— Moi, j'attends la représentation de dix-huit heures. Toi?

Il a léché une patte qui se traînait un peu de glace.

Si on avait été pas loin du café, je serais allé lui chercher un bol de lait chaud. J'ai sorti une barre grano de mon manteau. Aussitôt déballée, j'ai pensé qu'il allait se ruer, mais non, rien, aucun intérêt. J'ai posé un morceau devant lui. Toujours rien. Ou bien il est privé de son odorat et ça explique pourquoi il vient s'asseoir ici. Je veux dire : qu'il puisse me confondre avec un gibier potentiel, ben quoi, c'est possible. Ou bien il est carnivore à l'os et dans le cul le grano.

Y a Gerry d'Offenbach qu'était comme ça, paraît. Aux paniers de fruits frais aimablement déposés à son intention dans sa loge, il préférait une bière. Mais c'est une tout autre histoire.

On faisait une belle paire comme ça, côte à côte. Une dame m'a demandé comment il s'appelait.

— Gérald Tremblotte.

— Ça ressemble au nom du maire!

— C'est vrai.

— T'es un beau gros matou jaune, mon Gérald, elle a dit avant de poursuivre sa route.

— T'as pas envie de la suivre, Gérald, on sait pas, des fois?

«Des fois quoi, tu me prends pour une pute?»

Non, mon voisin n'avait rien d'un politicien, rien à vendre, rien à prendre. Il était là, c'est tout.

Me tenait compagnie, n'acceptait rien. Que de l'amitié. Cinq kilos d'amitié mouillée frisée.

— Tu sais quoi, Gérald (je l'appelais par son prénom maintenant que nous étions intimes, lui et moi), tu sais quoi? T'es un vrai ami. Tu fermes ta gueule, tu poses pas de question, tout à l'heure quand je vais partir tu vas pas dire «ce serait l'fun qu'on s'appelle».

Le temps filait, fallait que j'en fasse autant. Je lui ai serré la patte, j'ai monté mon col et j'ai foncé. Même pas regardé derrière pour savoir s'il me suivait. Je savais à qui j'avais affaire, c'était un vrai, ça se sentait.

En route, je me suis mis à être inquiet. Pas de Gérald; de Bob.

Première cabine téléphonique, j'ai arrêté. Je voulais savoir s'il avait mis ses projets à exécution... TOUS ses projets.

— Allô, Bob, j'te dérange?

— Non... attends-moi un peu... là, ça va mieux.

— Robin était pas sur ton dos, toujours...?

— Mmm... je mangeais des Krispy Kreme, j'en ai partout.

J'étais soulagé, me disant que s'il devait se présenter à l'urgence dans les prochaines heures, il connaîtrait au moins la source de son microbe.

— À part ça, comment ça se passe?

— Bien, je grignote tout le temps.

— T'engraisses?

— Je maigris.

Fuck, j'ai pensé. Mais j'ai dit:

— Bof!

Bof!

J'ai bien failli lui dire: «Ce sont des choses qui arrivent», tandis que je pensais «... et qui partent».

J'allais être en retard. J'ai couru, ça m'a fait du bien.

Je suis entré chez ExCentris. Tiens: un film portugais sous-titré en arabe, voilà qui allait m'empêcher de ne penser qu'à mon petit moi pendant deux bonnes heures.

La fille qui attendait devant moi était tout simplement superbe, j'arrêtais pas de lui sourire. Rien à faire, elle conservait une tête de vache... de veau.

— Excusez-moi, mademoiselle, nous sommes bien ici chez Ex en crisse?

N'avait pas l'air de l'avoir pogné. En tout cas, ça n'a pas amélioré son cas. Le mien non plus.

Comble de l'ironie, la salle était presque vide. Avant qu'on ferme les lumières, je suis allé m'excuser pour mon calembour. Après tout, je connaissais pas la raison de sa gueule de ruminante, c'était peut-être fondé. Si tel était le cas, j'étais disposé à lui offrir une petite botte de foin…

— Désolé pour tout à l'heure, je n'avais pas réfléchi, je m'en excuse. Vous savez, des fois, la vie…

Oups! J'ai eu droit à mon premier sourire. Encouragé, j'ai poursuivi :

— Nous devrions en reparler autour d'un café… Si vous acceptiez mes excuses, je serais le plus heureux des hommes, vraiment.

Et les lumières, doucement, se sont fermées sur sa bouche qui commençait à s'entrouvrir pour dire quelque chose, son visage devenait de plus en plus agréable à mesure qu'il se décontractait.

Le film a commencé. Elle riait et réagissait à chacune des répliques. J'en suis venu à la conclusion suivante : jamais cette fille n'avait saisi un traître mot de ce que je venais de baratiner.

Mon grand-père me l'avait bien dit.

— Un jour, tu t'envoleras, toi aussi.

Il le faisait, lui, chaque soir après souper : il s'enfermait dans son bureau pour une heure ou deux. Quand il en ressortait, il était tout souriant. Comme les astronautes lorsqu'ils reviennent sur terre. Un peu plus, il envoyait des salutations à bout de bras comme ils font à la télé.

— Comment tu fais, grand-papa, t'as même pas d'avion?

— Pas besoin d'avion, j'ai un crayon.

Plus tard, des mauvaises langues ont dit qu'il dormait dans son bureau, voilà tout le mystère. Plus tard encore, il est parti. En fouillant dans ses affaires, on a trouvé des pages et des pages, remplies d'histoires somme toute banales. Celles d'un homme, puis après d'un homme un peu plus vieux, qui aimait sa femme et sa famille. Il y décrivait chacun de ses enfants, leurs qualités, la couleur de leur bicyclette, avec de précieux détails comme le nom des rues du quartier, l'église, la piscine publique.

Il avait peut-être raison. Quand je referme le capot de mon ordino, j'ai l'impression de revenir sur terre, moi aussi. Parfois, je suis allé plus loin que j'aurais jamais osé l'imaginer. D'autres jours, c'est seulement un ti-tour, comme dans «ti-tour de machine». Je m'éloigne pas, je sais pas pourquoi c'est comme ça. J'aime pas voyager.

Céline disait: «Le voyage est un divertissement pour couillons.»

— Céline la chanteuse?

— Crisse, Max, fais-tu exprès? Pour une fois que je te raconte quelque chose de mon passé. Pourrais-tu être sérieux ou faire semblant de l'être jusqu'à ce que j'aie terminé?

— Ben sûr, te fâche pas pour si peu.

— Si peu?... Céline. Je voudrais bien t'y voir, toi. La prochaine fois que tu me parles de ton père, tiens, j'te demanderai si ton talent pour le golf te vient de son assiduité à faire tous les trous de la ville avant de rentrer à la maison!

— ...

Aussitôt dit, aussitôt regretté.

— Non, s'cuse, Max. J'aurais pas dû dire ça, c'est pas, c'est... c'est même pas drôle.

— Tu vois, j'me fâche pas, moi. Je sais c'est quoi l'humour, moi. Tiens, toi qui affectionnes les citations profondes: «L'humour est une manifestation de la supériorité de l'homme sur ce qu'il lui arrive.» Essaie de te rappeler ça quand...

— C'est qui qui a dit ça?

— Me souviens plus, Popeye ou Marx.

— Non, sans blague.

— Jean d'Ormesson.

— Oh! De l'Académie française...

— Presque homme de robe.

— Travelo?

— Prêtre, épais. Pas travelo...

— Je sais, Max, je niaisais.

— Bon, raconte. T'étais rendu où? Tu faisais des voyages astraux. Comme ton grand-père.

— Ouais, mais je reviens coucher à la maison chaque soir.

— Tu fais bien.

— On sait jamais.

— Les étrangers.

— Le manger.

On avait soudainement perdu tout sens critique, plus question de parler sérieusement pour le reste de la soirée. Alors, deux choix. On s'achetait de la bière, bla bla bla jusqu'à tard tard tard. Ou bien on arrêtait tout ça maintenant et il repartait chez lui seul dans les rues désertes de la ville en fredonnant la chanson thème du «Vagabond».

— T'en souviens-tu, du Vagabond, Max? Le chien à la télé?

— Wouf! répond Max en refermant son sac à dos. À demain.

— À demain.

Je suis seul, Monique n'y est pas. Il n'y a aucun bruit, c'est rare. Je pense à mon grand-père.

Minuit quarante-sept. J'ouvre mon Ibook et je me prépare au décollage.

La mémé de Pedro semblait heureuse de me voir débarquer. Au début, elle m'a pris pour Henri, l'oncle de Pedro, mais à force de la convaincre qu'il était passé par la crémation depuis déjà quinze ans («Regardez derrière... L'Urne, il est là, Henri»), elle a fini par accepter que je ne sois pas lui. Et puis, elle était intriguée par ma basse et mon petit ampli.

— Henri jouait pas de basse, Mémé ?

Non, qu'elle a fait de la tête, en même temps qu'elle semblait bien intriguée de me voir sortir mon Axe et de m'installer. J'ai branché tout ça et j'ai demandé si c'était trop fort.

— J'entends rien, elle m'a crié.

Yes ! Je savais qu'on était partis pour un set heavy, elle et moi. J'ai commencé par Hendrix, elle tapait du pied, Nirvana aussi, elle a aimé, et quand je l'ai aperçue qui souriait, j'ai poussé jusqu'à Nine Inches Nails, ça, elle aimait moins, elle a dit :

— C'était qui, le premier ?

— Hendrix !

— And qui ?

— Hendrix, c'était un guitariste gaucher, moi, c'est de la basse et je suis droitier.

Elle semblait s'en moquer comme de la sortie prochaine du nouveau Play Station, moi de même. J'ai poussé *Purple Haze* pour finir, elle a applaudi, décidément c'était son favori.

— C'était un black, Mémé.

Aucune différence, semblait penser la grand-mère électrique.

— Il est mort, Jimi, overdose.

— Plus fort, elle a répliqué.

C'est ça, plus fort, c'est aussi ce que devait se dire Jimi, jusqu'à ce que ça pète.

— Et vous, Mémé, ça pète des fois?

Elle avait pas bien saisi, mais elle a néanmoins commencé à me baragouiner tout un tas de souvenirs concernant un garçon qui jouait du violon lorsqu'elle avait seize ans. Un garçon pauvre, qu'elle disait. Ils sont souvent pauvres, j'avais envie de répondre, mais j'ai fermé ma gueule. Elle restait après l'école pour l'entendre s'exercer dans une classe déserte, elle en profitait pour faire ses devoirs, assise par terre dans le corridor, c'était plus calme qu'à la maison, surtout lorsque les sept autres enfants se mettaient de la partie.

— Vous étiez sept enfants?

— Huit, j'ai jamais dit sept!

Après cette mise au point, j'ai compris qu'il valait mieux la laisser raconter sans l'interrompre. Mais voilà, c'était bientôt terminé, le garçon au violon a eu la polio, c'est pas recommandé, la polio, pour venir à bout des caprices de Paganini, mais c'était comme ça. Ensuite il est mort.

Mais il y avait un chapitre qu'elle s'était gardé pour la fin. C'est qu'un jour où il répétait, il était sorti subitement de son local et, la trouvant assise là, il lui avait fait un brin de causette.

— C'est tout?

— Ben non... il m'a embrassée. Maintenant c'est tout.

J'ai repris la basse dans son étui, j'ai branché à nouveau l'ampli en lui expliquant que j'avais oublié un petit quelque chose. J'ai improvisé une gavotte à l'italienne pendant un bon dix minutes. Ses yeux étaient mouillés, elle était ailleurs, moi, j'étais ici à m'arracher les doigts pour elle. Puis, point d'orgue et c'était terminé. Elle a applaudi encore une fois.

— C'était Paganini, vous avez aimé? La basse, c'est pareil au violon, Mémé, regardez, quatre cordes.

Elle a touché délicatement, puis encore une fois en s'étirant le bras, elle a fait:

— Ouch! Mon épaule.

J'ai serré tout ça, pour de bon cette fois. Avant de partir, je l'ai embrassée, sachant que je n'égalerais jamais son virtuose.

— Mémé, c'était bien, mon Paganini, non?

— Menteur, elle a dit.

«Vous avez… quatre nouveaux messages», raconte la commune voix de ma boîte vocale. Une fois effacés les deux faux numéros, il reste Gustave et le centre de radiologie.

— Ici Gustave, comment allez-vous, cher ami? J'attends toujours votre manuscrit, enfin, l'ébauche de celui-ci.

Il le dit avec la droiture de celui qui accuse.

— Mais je vous appelle aussi pour vous rappeler votre participation aujourd'hui même, sur les ondes de cette radio... commerciale, à l'émission pour laquelle vous avez été invité. Je compte sur votre présence, d'ailleurs, rien de tel pour relancer les ventes, vous devez être à la station à 14h. Ne l'oubliez pas. D'ici là, mon très cher, si vous aviez la gentillesse de me faire parvenir vos notes concernant... le prochain, ne serait-ce qu'une amorce (le salaud, il a un pressentiment), ceci faciliterait mon travail d'éditeur et de digne défenseur de votre talent face au distributeur qui, je dois l'avouer, me presse un peu par les temps qui courent. J'attends votre appel, vous connaissez le numéro, bien sûr.

Bon, le deuxième message maintenant, faut que je rappelle tout de suite pour prendre rendez-vous!

— Centrale de radiologie, bonjour!

— Bonjour, monsieur, vous m'avez appelé, je dois prendre rendez-vous.

— Votre numéro de carte d'hôpital.

— Bien sûr, c'est le...

Ma mère m'a toujours dit qu'une politesse exemplaire ne peut qu'aider notre cause, spécialement dans les moments de soumission.

— Voilà, j'ai votre dossier, c'est pour un TACO, n'est-ce pas?

— Oui, monsieur.

Ça sonne à la porte, ben oui, c'est comme ça: y a plus de six mois que personne est venu frapper ici et maintenant que je suis à prendre rendez-vous pour sauver ma vie, voilà qu'un imposteur arrive pour me vendre des crayons, du chocolat pour les scouts, un abonnement à un plan de l'Unicef. Ou c'est la petite voisine d'à côté qui cherche son papa. Il est pas ici, ma belle, sois gentille et va voir aux danseuses.

— Allez répondre pendant que je consulte l'horaire.

J'en reviens pas : quel pro, ce mec, se fend le cul pour sauver le mien et en plus il m'offre de vaquer à mes occupations pendant qu'il travaille sur mon cas.

— Merci monsieur, merci mille fois, je fais ça rapidement, je reviens…

J'ouvre, c'est Purolator, je signe sur son bidule plastique, on dirait qu'il n'y a rien et pourtant il y a tout, quand on pense qu'au même moment quelqu'un quelque part sait que je viens de prendre livraison de son présent.

Une boîte, tout de suite je pense à la mémé de Pedro qui m'aurait abonné au Reader's Digest, on verra plus tard. Je retourne au mec de l'hosto. Il m'a mis sur attente, c'est un peu normal, je suis pas le seul sac de viscères qu'il a à traiter dans l'heure.

— Désolé de vous avoir fait attendre.

— Vous dites, c'est moi qui suis désolé, mon cher.

— J'aurais le 27 à onze heures, ou le 28 à 16 h 30.

— ... 27 onze heures, c'est parfait pour moi, à jeun?

— À jeun!

— Merci encore, merci mille fois à vous, cher ami (c'est ma mère qui serait fière si elle m'entendait), pourrais-je avoir votre nom?

Par sécurité, je demande toujours.

— Bien sûr: Louise Hudon.

— ... je m'e... merci madaa... mademoiselle.

— Bonne journée.

Je regrettais que le type de Puro soit reparti, sinon je faisais livrer une douzaine de roses sur-le-champ pour me faire pardonner. J'avais été un con à la hauteur de mon talent et des ambitions de ma mère.

Déçu, je suis allé à la cuisine où j'ai bouffé une banane en jetant un coup d'œil sur l'heure. Entre la première et la dernière bouchée, il était encore et toujours 13 h 05. J'en conclus que l'échange avec l'homme-femme m'avait ouvert l'appétit, mais aussi que j'étais en train de rater l'émission sur laquelle comptait Gustave pour mousser les ventes.

Je me suis précipité en direction de la station.

Dans le taxi, coup de chance, c'était justement l'animateur poubelle qui régurgitait par les haut-parleurs. Le chauffeur semblait apprécier les remarques du style: non mais le cancer... si les gens faisaient un peu attention à leur santé aussi, pis ça coûterait moins cher au système de santé!

Attends un peu que j'arrive, ma grosse morve, que je me répétais en regardant ma montre, pis si j'te rate cette fois, je te réserve un chapitre complet dans le prochain.

On a fini par arriver. Le chauffeur a péniblement articulé:

— C'est 9,25 $. Non mais c'est vrai c'qui dit, le monde y y y, le monde y s'guérit pas...!

J'avais vingt dollars, je les lui ai laissés.

— Hé! Boss! Ton change!

— Tu peux le garder, c'est pour te faire soigner. Demeuré...

Je suis entré en épouvante, il ne restait que dix minutes au combat. Pas grave après tout, Robinson avait bien attendu le douzième round pour coucher ce gros lard de LaMotta.

La secrétaire de production m'a dit qu'elle allait s'informer à la productrice. Celle-ci s'amena aussitôt, armée d'une gomme énorme qu'elle semblait vouloir partager avec son cellulaire. Elle a tenu à m'aviser personnellement que j'étais en retard. Quel professionnalisme, quelle rigueur, quelle tarte! J'ai tenté de faire bonne impression en parlant aussi vite qu'un animateur de trash radio. Elle semblait très impressionnée bien qu'inapte à décoder le sens de mon énoncé. C'était pourtant simple: j'étais désolé d'avoir été retardé à rencontrer l'animateur attardé. Dit à cent milles à l'heure.

— Bien, je vais voir ce que je peux faire.

— Faites donc, mademoiselle.

Elle est revenue en disant qu'immédiatement après la prochaine pause, on embarquait pour la fin de l'émission.

On m'a installé dans le studio, l'ordure m'a serré la main sans me regarder, attention dans cinq, quatre, trois… ça y était : en moins de cinq secondes, je venais de perdre tous mes moyens, tout sens de la répartie était maintenant cadenassé je sais plus où.

L'animateur-vedette trônait sur sa litière, il portait au cou une immense chaîne en or avec un crucifix diamanté sur le devant, que je fixais du regard comme une clef scintillante inaccessible mais nécessaire à libérer mes facultés. Ce bijou me narguait, tout comme l'eau de toilette dans laquelle il baignait.

Aucun miracle ne s'est produit ; je suis demeuré paralysé, comme amputé du bon sens.

Il m'a réservé sa toute dernière question. La présentation qu'il avait faite de moi était à son avantage : un écrivain extraordinaire doté d'une grande intelligence. Ce qui sous-entendait : je le plante et c'est moi le plus intelligent des deux. Il m'accordait à présent un intérêt hors du commun sans pour autant daigner décoller les yeux de son cadran géant une seule seconde. Timing is everything.

— Ça ne vous gêne pas de faire de l'argent comme ça sur le dos des cancéreux en publiant des livres? m'a demandé l'animateur spécialiste en putréfaction.

— Pour l'instant, le seul à faire de l'argent à propos d'un tel sujet, c'est vous, puisque vous êtes rémunéré pour poser ce genre de question.

Il n'allait pas s'en laisser imposer, la réplique explosa:

— Combien avez-vous touché depuis toutes ces ventes, hein, combien?

— … à date, rien, je n'ai encore reçu aucune somme, mon éditeur, Gustave, ne m'a rien envoyé, il…

— Bon! Les éditeurs véreux maintenant! La semaine prochaine on en parle. Merci d'avoir été à l'écoute et bonne semaine.

Cue. Thème musical. Il enlève ses écouteurs, cette fois il me regarde droit dans les yeux en me serrant la patte à nouveau, il me tapoche le dos comme si nous étions les meilleurs amis du monde. Il enfile sa veste en vitesse: il doit partir, bravo encore pour le livre, il a pas encore eu le temps de le lire, pis merci pour le sujet de la semaine prochaine.

Il part en salivant déjà sur les futurs cadavres des Gallimard et cie.

J'essaie de reprendre mes esprits, je me repasse l'interview dans sa forme intégrale.

Deux questions, deux réponses, le fiasco.
C'est Gustave qui va être fier!

— Tu manges rien? demande Monique.
— Non, c'est à jeun.
— À jeun quoi?
— Le TACO.
— Tu passes un TACO ce matin?
— À 11 h.
— Tu m'avais pas dit.
— Bof, tu sais, Monique, c'est la routine, faut pas t'en faire, tous les trois mois y a un contrôle.
— Je m'en fais pas, je savais pas, c'est tout.

Bien sûr qu'elle s'en faisait, elle peut pas mentir, Monique, ça paraît immédiatement.
— Bon ben maintenant que tu sais, ça change quoi?

J'ai enfilé mon manteau et je l'ai embrassée, bêtement. En descendant l'escalier enneigé, je me suis demandé si c'était parce que je n'avais rien avalé que j'étais si irritable.

Il faisait froid, je marchais rapidement en cherchant des réponses. Après tout, elle voulait simplement que tout ça soit terminé pour de bon, j'imagine. C'est fou ce que les autres nous veulent comme bien. C'est fou ce que j'aimerais qu'elle ait raison et que tout ceci soit derrière moi une fois pour toutes. Après un accident de bagnole, une fois les cicatrices refermées, on a qu'à réapprendre à rester calme au volant et la vie continue. Pas de contrôles périodiques, d'attente de rendez-vous, d'examens et de re-attente des résultats.

Quand je suis arrivé à l'hosto, nous n'étions qu'une dizaine; au bout d'une heure nous étions trente.

Ils sont tous assis là avec le journal, on dirait qu'ils sont aux chiottes.

Ils lisent la une: Statistiques sur les erreurs médicales.

Moi, ça m'irrite de ne jamais pouvoir lire les résultats concernant ceux qui s'en sortent. Comme le dirait Pedro:

— Ça peut bien ne pas marcher, leur affaire. Le bilan qu'ils montrent ne contient que la colonne des débits.

Chaque fois c'est pareil, quand c'est à moi d'y aller, j'ai envie de faire le gag: «100 $ pour ma place!»

Puis j'enfile le long corridor en m'imaginant que quelqu'un derrière moi lancera: «125 $». Je me retourne même pas. «Trop tard, j'ai faim!»

De toute manière, j'ai la certitude que la plupart des gens préfèrent garder leur fric et continuer à maugréer à propos des soins de santé. Je parie, après avoir bien malgré moi entendu certaines conversations de salles d'attente, que des hommes et des femmes s'assoient dans le bureau du doc en disant :

— Ouin ! J'te dis qu'faut pas être pressé icitte à matin !

Quel noble métier. Doivent rêver d'être brigadiers scolaires, des fois, non ?

J'ai enfilé la jaquette, le toubib s'est amené, il avait les yeux de Mel Brooks avec le charisme du docteur Frankenstein, il a ouvert les mâchoires :

— J'ai vu votre nom sur la fiche, c'est vous qui avez écrit ce bouquin ?

— Oui, docteur.

Il est reparti un moment puis il est revenu avec une seringue et un soluté. L'aiguille me paraissait plus longue qu'à l'accoutumée. Il m'a fixé de ses yeux diaboliques.

— Pas d'allergie à l'iode ?

J'ai senti l'urgence de répondre :

— Vous l'avez aimé, j'espère !

— Oui, oui, je l'ai fait lire à ma femme.

J'étais sauvé, encore une fois.

— Aucune allergie à l'iode, docteur. Je suis à vous.

Lorsque le con géant m'a rejeté (je veux parler de l'appareil de radiologie, pas du médecin), je me suis levé pour retrouver mes vêtements dans la petite pièce d'à côté. Profitant du privilège de la vedette, je suis retourné voir Frankie avant de quitter, un peu pour le remercier, beaucoup pour sonder les résultats.

— Oui, oui, c'est beau beau, tu peux y aller.

TU? On était rendus des amis, je pressentais qu'il était sur le point de me demander de tourner dans son prochain film d'horreur.

— C'est OK?

— À part notre kyste sur le rein gauche, mais y a pas grossi depuis la dernière fois.

Quoi...? Un kyste...?

J'ai serré la main du diable alors qu'il était déjà sur le cas suivant.

Me voilà maintenant habité d'un corps étranger. Je marchais le long de cet interminable corridor, tentant de me convaincre que j'avais toujours envie du muffin géant que je m'étais promis.

Monique avait peut-être eu raison de s'inquiéter, après tout.

Un kyste qui ne semble pas grossir, c'est toujours ça de pris. En plus, il avait dit: *notre* kyste. C'est moi qui le porte, mais il est à nous; je me suis senti, pour un moment, comme la future maman du couple.

J'ai croisé le spécialiste un peu plus loin, j'ai porté la main à mon ventre en taisant l'envie de lui dire...

— Chéri.

— Quoi?

— Je suis si heureuse.

Cette fois j'étais seul, assis devant le Café Cherrier où je m'apprêtais à ne pas entrer. Même mon gros matou miteux, Gérald, m'avait fait faux bon : probablement parti manger des vidanges dans une ruelle, c'est sa contribution à Montréal.NET. Faut bien quelqu'un pour donner l'exemple.

Il tombe de la grêle légère, y a pourtant des filles en talons hauts qui sortent des Audi grises en sautant comme des souris pour se rendre à l'intérieur du resto. À part ça, il n'y a personne ou presque, sauf la petite vieille qui s'amène dangereusement sur le trottoir douteux. Avant elle, deux ou trois personnes se sont arrêtées devant moi et ont hésité à me donner de l'argent. Ça me fait rigoler à tout coup, je me dis que je dois avoir une tête terrible.

La vieille dame est maintenant à ma hauteur, alors avant que l'on m'accuse de non-assistance à personne en danger, je me lève et prends son bras.

— Faut être têtue pour sortir aujourd'hui, hé? dit Super Mémé en me toisant.

— Ma mère disait : pas de tête!

— Elle avait raison, ta mère, elle est morte quand?

— Elle est pas morte.

— Pourquoi tu dis: «elle disait»?

Et là, pour une petite vieillarde fragile comme une chips et qui risquait la fracture de la hanche à chaque pas qu'elle faisait, elle venait de me mettre K.-O.

Elle a raison, mais comment lui dire que c'est parce que je ne l'ai pas vue depuis tellement longtemps que j'en suis rendu à l'imparfait?

Rémissionneux! Égoïste, va, et tu es ici à aider une inconnue alors que tu traites ta propre mère à l'imparfait.

— Ma mère disait aussi... dit aussi «avoir le compas dans l'œil». Moi, ça m'a toujours donné des frissons, ça m'a découragé de la géométrie, je crois. C'est peut-être pour cette raison que j'ai pas fait architecte.

— Tu fais quoi?

— Je fais le café chez Michou.

— C'est qui, elle?

— Une roulotte.

On était rendus à l'intersection, nous avions franchi et traversé la zone de danger avec succès.

— Vous n'êtes pas peureuse: marcher comme ça sur la glace.

— À quatre-vingt-neuf ans, on n'a plus peur de grand-chose, mon garçon.

Je savais pas quoi répondre à ça, elle attendait pourtant, ses beaux yeux bleus regardaient droit dans les miens…

— C'est bien…

— C'est triste.

Puis elle est repartie.

J'ai patiné un coup et je suis retourné m'asseoir d'où je venais, des fois qu'il y aurait d'autres vies à sauver.

C'est vrai ce qu'elle disait, la mémé. Moi, depuis le cancer, je n'ai plus peur de rien. Des fois ça me manque. C'est ce qui rend l'horizon un peu plat.

Pourtant je lis des histoires sur le sujet, bourrées de témoignages de gens qui disent mordre dans la vie. Pour l'instant, tout ce que je mords, c'est la main qui m'a nourri.

Je me décide à appeler ma mère. Pour l'occasion, je change mes plans et me dirige droit au Cherrier. Faut bien : j'ai pas de cellulaire. Pedro n'en revient tout simplement pas, d'ailleurs.

— Pourquoi que t'as pas de portable comme tout le monde ?

— Et le cancer du cerveau, t'en fais quoi, hein ?

— T'as rien à craindre avec ça, le cerveau.

C'est son humour, à Pedro…

Je me dirige donc tout droit en enfer pour y appeler ma mère. Tiens, une autre Audi silver qui s'approche, j'ouvre la portière aux deux jambes qui me sourient et s'étirent pour contourner la gadoue.

— Vous êtes le valet de parking ? me demande le chauffeur.

— Oui, m'sieur, sauf pour les Audi silver, on est rendus à 92 ce soir, peur de m'mêler.

Je raccompagne les jambes jusqu'à l'intérieur.

— Il a le sens de l'humour, au moins, votre copain ?

— C'est pas mon copain, c'est un client.

Ah bon, c'est pour ça, l'agence de mannequins au grand complet. Me disais, aussi. J'ausculte l'assistance au cas où je n'y trouverais pas Pedro et son industrie, non, ce doit être la Chambre de commerce de Longueuil alors, ou quelque chose comme ça. Moi, si j'étais à leur place, c'est ce que je ferais en tout cas, j'irais faire mes saloperies sur une île, c'est tellement plus exotique.

— Allô maman, tu faisais quoi ?

— Tiens, je pensais à toi justement, j'ai sorti des photos aujourd'hui, tu te souviens celle où t'es en couches avec des ballons dans les bras ?

— Oui, je me souviens.

— Dis donc, c'est quoi tout ce bruit derrière ?

— J'suis à la Chambre de commerce de Longueuil.

— Tu travailles trop, tu devrais rentrer te reposer.

Assis chez moi dans le noir, je rémissionne. Monique n'est pas là, y a que des fantômes et moi. J'ai la petite boîte de Purolator devant, même que j'ai les pieds dessus, je sais pas de qui ça vient ni ce qu'elle contient, on verra ça plus tard, comme disent les médecins lorsqu'on pose trop de questions.

Bon Dieu que c'est difficile de revenir chez les vivants, on m'avait pas prévenu. À froid comme ça, c'est tough. J'entends les comprimés se foutre de ma gueule dans la pharmacie. Les pilules chantent la vieille chanson des Grouines tentant de charmer le pauvre Popeye : « Viens, viens, viens, marin, viens donc ! » Elles peuvent allez se faire foutre, les Grouines, si elles pensent que je vais succomber.

J'essaie de me remonter le moral tout seul. J'ai pas de quoi me plaindre, au fond, je me fais un salaire décent à servir les cafés chez Michou, du moins ça suffit à payer les dépenses. Quand les prestations du bureau vont cesser... on verra. Tu peux partir quand tu le veux, chante Max ; c'est le meilleur moyen pour attacher quelqu'un. Je sais que je peux partir, je peux aussi devenir associé, c'est comme je veux. Pour l'instant, je suis l'employé du mois chaque mois, pendant que Max est le patron, en prime nous sommes des amis et ça fonctionne, cool.

Mais certains jours, avant de pénétrer Michou, ouf! Plus tard, lorsque je rentre chez moi, re-ouf! Le poids du quotidien, ils appellent ça.

Je me sens comme au retour de ces longues vacances, quand il faut reprendre le travail là où on l'avait laissé, avec la pénible impression qu'on sera plus jamais capable de retrouver le tempo. À la puissance mille.

Ça fait une éternité que j'ai appelé mon père. Je suis pas seul, il fait pareil. Je me console avec ça.

— Je n'ose pas te téléphoner, des fois que tu serais à te reposer.

— Je passe pas mes journées à dormir, papa, quand même. Ça fait plus d'un an que je suis plus malade.

— …

— …

On croirait, à entendre son long silence, qu'il n'en est pas tout à fait convaincu. Il a peut-être bien raison, après tout.

Dans le mot survivant, il y a du surhumain et c'est con. J'entends : je l'ai plantée, la maladie, pif, paf dans un coin. Moi, je dis qu'ils ont rien planté du tout, ces grands sportifs vainqueurs de rien, même que je les soupçonne de faire dans leur cuissard à la seule pensée que la bête peut à tout moment resurgir n'importe où, sur la route, comme ça, en pleine ascension ou pire, en pleine descente d'un col à cent kilomètres. C'est aussi possible qu'elle morde plus fort que la première fois, ouch !

Bien sûr, ils vont pas le dire, non. Le public, les sponsors, les autres malades et le président...

Moi non plus, je vais pas le dire, et à personne, mais pas pour les mêmes raisons. Surtout pas, le président.

Monique, ma famille, Lucette et le cappuccino de Max.

— Vous vous sentez comment, depuis notre dernière rencontre ? qu'il demande, le doc.

— Euh...

— Les selles, douleurs à l'abdomen, perte de poids, vous mangez bien, saignements...?

Chaque fois, je sors de là un peu moins rassuré que lorsque j'y suis entré. Le doute s'installe.

Tiens, c'est vrai ça, le sommeil... Je serais pas un peu essoufflé, aussi ? Bien sûr, Ducon, tu vas avoir cinquante ans et tu t'acharnes à suivre des cyclistes qui en ont vingt.

Et puis, pourquoi je pense à tout ça ici maintenant dans mon salon, dans l'obscurité totale ? Au moment où justement je pensais allumer, soudainement... mes pieds se sont mis à sonner. Je veux dire : la boîte dessous mes pieds. Qu'est-ce que c'est que cette merde ? J'ai déballé, eh ben oui, il y avait un cellulaire enfoui dans la boîte, comme une bombe. C'était écrit dessus «Surprise» et il sonnait toujours et encore. Juste avant d'ouvrir le flip et de dire «hello!» — habituellement, c'est ce que l'on fait, non? — j'ai eu ce réflexe d'essayer encore une fois de me la sauver, la vie. J'étais tout à fait conscient que j'étais peut-être sur le point de m'injecter pour la première fois. Pire, le pusher se trouvait probablement au bout du fil et attendait malicieusement que je réponde pour me souhaiter la bienvenue dans le club.

J'ai vu le numéro, c'était celui de Pedro. J'ai fait ni une, ni deux, je me suis précipité sur la ligne dure et j'ai déjoué l'assassin.

— Allô! a-t-il fait, un peu surpris.

— Tu pensais quand même pas que j'allais me laisser entuber comme ça, mon Pedro?

— Ça te fait plaisir au moins? Tout est payé pour un an, t'as tous les services, c'est inclus, j'ai déjà programmé tous les numéros indispensables (c'est-à-dire les siens et celui d'un resto qui livre), je l'ai mis sur le compte du bureau, ça te coûte gratos.

Pedro est exceptionnel, c'est vrai, mais dans sa divine bonté il a tendance à offrir aux autres les cadeaux qu'il aurait aimé recevoir lui-même, lorsqu'il était pauvre.

— Enfin je vais pouvoir te rejoindre n'importe où... lorsque nécessaire, bien entendu.

Pedro, ma vieille pompe à cash, t'as jamais pensé, avec ta cervelle d'entrepreneur, que, s'il m'arrive de ne pas être disponible, c'est tout simplement parce que je désire profondément qu'il en soit ainsi ? Tu veux me mettre en prison et c'est précisément le dernier endroit au monde où je désire aller.

— Tu vas t'habituer, tu verras, c'est la liberté !

Je ne vais pas m'injecter.

Je n'ai pas utilisé l'appareil, je l'ai remis dans sa boîte tout en parlant avec le donateur sur l'autre ligne.

— Je te le retourne, Pedro, je vais pas m'en servir.

— Oh, oh ! Fais-moi plaisir, prends un peu de temps pour y penser, tu veux ? Tu peux pas imaginer toutes les possibilités.

Justement, pendant qu'il me fait son pitch, je cherche la possibilité «sonnerie-off». Ça y est, je l'ai, je vais au moins lui fermer la gueule d'un côté.

Je l'écoute poliment. Cet homme se croit. C'est presque touchant, à la fin. Comme Mussolini, il est convaincu qu'il fait le bien. Ce type serait capable de persuader le Dalaï-Lama de porter un AK-47, en guise de symbole de paix. L'écouter et lui obéir sera la plus belle opportunité qui m'aura été offerte durant cette décennie, prétend-il. Et il ajoute :

— C'est pour ton bien !

Bon Dieu! Si seulement un de ces mecs décidait de sauver le tiers-monde, un jour…

Pour finir, je me suis ouvert une bière et j'ai allumé la télé. Je suis tombé sur une reprise de mon émission, à la télé communautaire. Je me suis enfin vu, comme les autres me voient.

…!

Mon père a peut-être bien raison de me demander: si je me repose toujours, un an après.

Le doc: si je mange bien.

Et Pedro: si j'aurais pas besoin d'un cellulaire, des fois que…

Dix-huit heures, je fais des intervalles sur la rue Hutchison. Pourquoi ici? Les rabbins. Sans blague, c'est parce que c'est tranquille, plat et plate.

Je pousse trente secondes, après j'en marche soixante, je répète une dizaine de fois. Je marche ensuite durant cinq minutes.

J'ai commencé ça l'été dernier en pleine canicule. Les mamans venaient chercher leurs enfants pour souper, mais aussi pour les éloigner du type en culotte courte qui dégoulinait de partout.

Eux sont habillés jusqu'au cou, il fait vingt-huit…

— IL FAIT VINGT-HUIT!

La maman ne m'a pas entendu, bien sûr, en français en plus.

... dans cinq-quatre-trois-deux-un. Je pousse mon sprint.

C'est génial comme entraînement, surtout quand c'est fini. Ça développe une endurance pas croyable. Et l'endurance, précisément ce soir, j'en aurai besoin d'une dose supplémentaire. Monique est partie souper avec son ex.

— Tu vas pas faire la gueule, hé! On est plus des enfants, m'a-t-elle dit avant de quitter mon appart.

En plus, elle est venue se maquiller chez moi, si c'est pas de la provocation, ça.

— C'est moins loin du resto que de partir de chez nous!

Tu veux pas ma Visa, avec ça, des fois ton ex y serait serré?

Je rumine tout ça et l'air de rien mon trente secondes est en train de se transformer en deux minutes, ça fait trois fois que ma montre sonne, je l'ai même pas entendue, c'est mon cardiomètre qui tente de m'avertir que je suis sur le point de trépasser. On a beau dire, l'amour donne des ailes.

Je m'appuie sur un immense chêne et tente de reprendre mon souffle pendant qu'un autre rabbin (en fait, c'est peut-être le même!) passe devant moi sans me voir, en Mercedes celui-là.

Ça m'amène à la réflexion suivante: on devrait faire en amour ce que les traders font à la bourse et shorter le stock.

C'est-à-dire: lorsque l'action commence à baisser, à cause d'une mauvaise nouvelle, on emprunte une option à une valeur beaucoup moindre que ce qu'elle vaut aujourd'hui. Plus tard, lorsque le prix a dégringolé: deux choix. Bedon on la cède et on empoche la différence entre ce qu'elle était avant et maintenant; bedon on la rachète à prix d'aubaine et on repart en amour.

J'en ai pas encore parlé à Monique, j'ai peur de froisser son aura d'administrateur.

Après une bonne douche, j'ai bouffé un peu du risotto d'hier, puis je me suis mis à l'ordinateur, résolument décidé à livrer un chapitre avant la fin du mois.

«Je»

J'ai ajouté «suis».

Il me semble que ça allait de soi, que ça coulait. C'est ce moment qu'a choisi le téléphone pour sonner. J'ai hésité un instant, en grognant je me suis levé avec l'intention de faire payer cher, à celui ou celle qui se trouvait à l'autre bout, cette intrusion dans ma vie privée à un moment aussi crucial.

Non mais, comment ils faisaient, Hugo, Sartre, Camus, hein? Quelqu'un pourrait me le dire?

C'était Gustave.

— Comment êtes-vous, mon très cher?

— Allez allez, vous exagérez, Gustave; pas si cher que ça tout de même, 10 %.

— Quel humour. Pourquoi n'écririez-vous pas une comédie, un de ces jours, tiens?

— Je ne fais que ça, Gustave. Écoutez bien celle-ci: «Ce soir-là, Monique décida de passer la soirée avec son ex.»

Drôle pas à peu près ça, Gustave, non? Je m'en pisse dessus, mon vieux.

Gustave a hésité avant de reprendre:

— Vous savez, ce sont des choses courantes aujourd'hui.

— Ne me prédisez pas de choses courantes, je vous en prie, j'ai eu mon lot de maladies, merci.

— Allons donc, et le boulot, comment ça avance?

— J'étais justement devant mon écran lorsque le téléphone a sonné, Gustave. Tout un chapitre presque terminé, quelques corrections et je vous fais parvenir le tout.

— Fameux, je rencontre le distributeur dans quinze jours. Assurez-vous que je le reçoive à temps, quitte à laisser passer quelques coquilles, nous nous en chargerons.

— Oui, bonne idée, je vous envoie ça, Gustave.

— Je suis impatient!

— Et moi donc…!

Il avait déjà raccroché.

Gustave aurait tellement voulu mettre sous contrat un writer compulsif. Trois romans de quatre cents pages par année. Alors que la dernière chose au monde dont je rêvais était de devenir un... Dan Lebrun.

La soirée se laissait prendre...

Et Monique qui n'arrivait pas...

Peut-être qu'elle avait décidé de dormir chez elle. Peut-être James Bond l'avait-il enlevée dans son jet privé pour une partouze aux Bahamas, avec promesse de livraison demain avant neuf heures à son bureau.

Je ne savais plus quoi penser, j'ai même songé un moment à me farcir un intervalle ou deux.

Devant si peu d'inspiration, j'ai choisi d'aller dormir. Curieusement, j'y ai obtenu un certain succès. Qui plus est, je me suis éveillé aux alentours de trois heures et elle était à mes côtés.

— Le jet a refusé de démarrer?

— Qu'est-ce que tu racontes, tu rêves?

— À toi, oui.

Je l'ai embrassée pour lui démontrer mon inquiétude, en me collant contre elle, en cuillère.

— Dis donc, a dit Monique, t'es sûr que c'est à moi que tu rêvais?

— Ben oui, pourquoi?

— ... tu bandes.

— Excuse-moi, c'est nerveux...

Elle est assise avec son mari, ou quelque chose comme ça. Un minuscule chien saucisse leur tient compagnie. Derrière elle, une murale ratée tente d'exprimer une nuit étoilée quelque part dans le désert. Elle aurait pas dû s'asseoir là, à elle seule avec sa robe à brillants, on dirait une galaxie au grand complet.

Le Marocain qui l'accompagne l'embrasse puis se tire : l'histoire classique. Elle en profite pour m'observer, moi, seul à ma table et dégoulinant de falafel.

Ça y est, elle se rapproche, j'ai peur, je tente de rester calme.

— Tu te souviens de moi ?

— … non, madame !

— L'école primaire Marie Bon Secours, en 4e, 5e et 6e.

Et elle éclate d'un rire aussi miniature que ridicule. C'est là tout ce que cette personne a de petit, me dis-je en m'essuyant la gueule de la façon la plus repoussante possible ; on n'est jamais trop prudent.

Son chien en profite pour s'introduire sous la table et commence à bouffer un de mes souliers de vélo. J'ai horreur que l'on bouffe mes Shimano.

Plus elle me relate de souvenirs, plus je la vois toute petite, eh oui, elle était toute petite lorsqu'elle était jeune, et moi... et moi, je l'aimais. C'est horrible.

— Ça a l'air d'aller, toi, tu fais du sport?

— Oh, un peu de vélo, comme ça, à l'occasion.

Je me garde bien de lui demander «et toi?»

Quand même, je tente un appel de phares:

— La santé, ça va?

— Super! elle répond en plongeant sa main dans mon assiette pour pêcher une frite.

— Toi aussi, la santé est bonne?

J'ai un doute. Le sait-elle? Je dirais plus non que oui. Pendant que perdure cette réflexion, elle a le temps de se refoutre dans mon lunch à trois reprises.

J'ai envie de lui suggérer d'en offrir un peu à son chien, histoire d'avoir encore deux souliers le temps venu de m'accoupler au pédalier.

— Dis donc, il est chouette, ton chien, comment il s'appelle?

— Moushka.

Je dis «Moushka, Moushka» et, d'un solide coup de semelle en carbone, en mémoire de tous les cyclistes éclopés à cause d'un cabot, j'écrase ce qui au toucher semble être la patte de l'ennemi. Il hurle!

— Oh! Et il comprend son nom, le Mokita, hein?

— MOUSHKA! elle gueule, en imitant son dog.

Elle tire sur la laisse, afin de vérifier ce qui en reste.

J'aurai au moins sauvé une galoche.

Aussitôt rassurée de la survie de sa progéniture, elle répond à mes interrogations sans que je lui en fasse la demande.

— Lui, c'est Rashid, on n'est pas mariés, non, c'est mon chum. C'était...

Avant même que j'aie eu le temps de la complimenter sur le choix du jockey, la monture venait de céder.

— Y vient de m'mettre à porte, en t'cas, c'est pas la première fois, hein, y va s'ennuyer, hein, dans quinze jours y va rappliquer.

J'ai failli dire : «S'ennuyer de Moushka?» J'ai craint pour ma vie...

— Écoute eee...

— Denise, Denise Maltais.

— Ben oui... Denise.

Et Denise Maltais me tend une patte graisseuse de mes propres frites, ça m'apprendra à bouffer des ordures. Je glisse la mienne là-dedans, me disant que ça pourrait être pire : elle aurait pu me faire la bise. Elle est toujours debout mais planifie de s'asseoir afin de me faire perdre encore un peu plus mon temps.

— Écoute, Denise, je me remets à peine d'une infection incroyable. Pendant toute une année, j'ai dû rester chez moi pour ne pas contaminer les autres.

— C'est vrai? fait-elle en se régalant de mes restes.

Il m'a fallu insister.

— Les autres pouvaient mourir rien qu'à me toucher, c'était pas drôle, tu sais.

Et là, elle a eu ce petit mouvement de recul qui allait peut-être sauver sa vie, la mienne en tout cas. Elle a tiré sur la laisse, instinct maternel, étranglant du coup Moustafa.

— Wooo! qu'elle a fait en refermant sa minuscule bouche et en la faisant disparaître quelque part au milieu de son visage.

— Wooo! j'ai répété.

Nous venions de nous comprendre.

Juste à temps d'ailleurs, un peu plus elle me demandait de l'accueillir, elle et la saucisse, pour quelques jours, le temps que Rashid se replace.

Me semble voir la tête de Monique:

— Coucou c'est moi, j'ai une surprise pour souper.

— T'es malade, on va jamais manger tout ça.

— Non, chérie, elle, c'est Denise Maltais. Le lunch, je l'ai attaché dans la cour.

⚮

C'est le 31 décembre, il est tard, l'année s'éteint, Michou avec. Je ferme la shop.

José, celui qui s'occupe des graines... de café, débarque pour me saluer.

— Crisse t'as des belles cuisses là-dedans.

— Relaxe, José, ce sont les cuissards qui font ça, j'y suis pour presque rien.

Il ne parle plus. J'aime pas ça quand José me regarde et qu'il ne parle plus. José est tout petit, avec une petite voix également, mais il a des mains énormes, ce qui n'augure rien de bon.

Je me décide à combler le silence :

— Tu fais quoi pour le premier de l'an ?

— On va à L'Apollon avec la gang, tu devrais v'nir, ça va être le fun. Viens donc !

Me semble, le 31, dans un club gay à les regarder se défoncer l'année.

— Non, oublie ça, j'ai un gros gros party chez MONIQUE, d'ailleurs faut j'parte. Ciao, José, à l'an prochain !

— ... qu... qu'est-ce tu veux dire, l'année prochaine ?

Je le sens tendu. Tendu et un peu épais.

— Dans le sens de « nouvel an », José. Tantôt dans... une heure. Bonne année.

— OK, OK.

J'ai roulé lentement en remontant Berri, mes belles cuisses commençaient à brûler. Mes poumons tentaient de réchauffer l'air froid tant bien que mal. Mon cœur, lui, cherchait à trouver quelque chose de grandiose à cette nuit qui ne l'était pas vraiment.

En arrêtant devant la vitrine du chocolatier, deux choses me sautent aux yeux. La première étant qu'il est fermé et qu'il me faudra compter sur un autre truc à bouffer avec mon espresso demain matin. Un morceau de chocolat noir 90 % avec le premier café de l'an.

Deuxièmement, la vitrine me renvoie l'image d'un cycliste qui, effectivement, semble avoir de bonnes cuisses. Je me les tâte. Fuck, c'est vrai qu'à force de rouler, elles sont devenues béton.

Je reprends la route et je pense à Monique qui ne m'attend pas du tout. J'ai raconté ça à José uniquement pour me sortir du trou…

J'arrive. Je monte les marches, mon vélo sur l'épaule, en pensant à tous les souhaits qui m'attendent sur le répondeur.

J'entre et je me lave, j'ai faim. Je me fais un festin de la Saint-Sylvestre. C'est qui, lui, Sylvestre? Avec un prénom pareil, il doit se trouver à L'Apollon avec la gang.

Bon! Omelette… Toast. J'ai aussi apporté du champagne. Je mange, c'est bon. Je bois un verre, deux verres, trois verres. Je suis soûl.

Je me souhaite bonne année avant d'aller me brosser les dents. J'ai toujours la brosse dans la bouche lorsque l'idée me prend d'aller consulter mes messages. Seulement deux!

J'écoute : mon assureur... ensuite... le courtier qui m'a loué le condo.

Bon, c'est un début (oui oui, comme dans «début d'année», José).

C'est justement à lui que je pense, alors que je crache le dentifrice dans le lavabo. À lui et à Apollon. Je crache un autre coup.

J'ai bien dormi, je me suis réveillé l'année suivante.

Monique n'était pas dans mon lit. Je sais pas comment s'est terminé son party de bureau. On s'inquiète, à nos âges.

Monique est belle, José non plus. Je sais pas ce qui me prend de penser à ces deux-là simultanément... Maudit champagne! Maudit Bob!

J'enfile un polar et un pantalon de sport. Je me dis que si j'avais... la forme, j'irais rejoindre Monique dans son grand lit tout chaud. On se défoncerait pour la première fois de l'année. Pour la première fois...

C'est vrai que j'ai des cuisses en béton. Dommage que je pédale pas avec la queue.

À l'approche du pont Jacques-Cartier, Lucette semblait très impressionnée. Pas par La Ronde juste en bas, non, mais par les affiches Mediacom.

— C'est quoi, ça?

— C'est Dracula.

— Avec des lunettes?

— Ah, lui! C'est Homier-Roy.

— ... qui?

— C'est pareil.

Lucette surfait sur mes réponses de lifeguard. Elle regardait Montréal à travers ses lunettes épaisses, elle semblait si fragile dessous son petit foulard qu'on aurait cru la ville capable de l'écraser.

— À quelle heure on va à l'hôpital?

— Ta mère a dit à 14h.

— C'est quand, 14h?

— C'est après le chocolat chaud.

On s'est précipités chez Michou, qui se trouvait, ce jour-là, dans Parc-Extension.

— Ça marche par ici, le café?

— Plus que tu penses, répond Max.

Il tient Lucette dans ses bras et ne la laisse plus descendre, elle est loin de s'en plaindre, la Lucette. Je sais pas ce qu'elle lui trouve, à Max, mais bon, c'est comme ça avec toutes les femmes de toute façon. Ça marche même avec José.

Pendant qu'elle se fait dorloter par le patron, je lui fabrique le plus mousseux chocolat chaud qu'elle a jamais bu de sa courte existence.

— Same! crie un Chinois mal élevé dont je n'avais même pas remarqué la présence au comptoir.

C'est fou ce qu'ils se faufilent, ces petits hommes.

— Comin.

Je m'applique, mais y s'ra pas aussi same que celui que tu viens d'apercevoir, Mister Lee, if you see what I mean!

Il ne see rien du tout, il gueule encore et insiste pour avoir un bol comme celui de Lucette.

— Je croyais que c'était pour emporter, monsieur.

— X'cuse me!

OK, OK, I'll give you a booôôl.

— Would you like some noodles in it?

Il semble pas parti pour rigoler.

— Sorry, special price for you today.

3,50 $ plutôt que 1,75 $, qu'est-ce t'en dis?

— Where you from?

— Vancouver!

— Vancooooouuuuver, what a great city!

C'est juste s'il m'a pas embrassé. Il semblait soudainement si heureux. N'eût été la grippe aviaire, j'acceptais son câlin.

Nous voilà tous réunis, chez Michou, à célébrer la joie, toutes nationalités confondues. Max s'occupe de Lucette pendant que j'entretiens le Canadian-Chinese-boy pour qu'il ne se pousse pas avec le bol, parce que là, même à 3,50 $, je serais perdant.

Max dépose la petite pour un moment et il vient faire le closing, comme on dit.

— There is a deal today, for people from outside of Mtl. One dollar, you keep the bol, SOUVENIR!

Voilà, c'est lancé, faudra que je me rappelle: DEAL et SOUVENIR. Avec les touristes, y a des mots qui soulèvent les Rocheuses.

Mr. Lee est reparti avec son bol, Lucette a crié: «BONO!»

J'ai cru un moment que c'était oriental, un truc tai-chi que sa mère lui avait appris.

— Là, c'est Bono! elle a fait, avec son petit doigt pointé vers l'avant.

C'était vrai, juste au-dessus de la silhouette du nain venu de l'ouest, repu de deal et de chocolat chaud, il y avait une affiche géante avec Bono, ses lunettes d'extraterrestre et ses trois comparses.

Affichant la moue de millionnaires nostalgiques, ils tentaient tous les quatre de nous convaincre que leur venue à Montréal en juin prochain serait quelque chose d'indispensable à nos vies misérables.

— Tu connais Bono, Lucette!

— Yes, c'est ma mère qui le fait jouer chez nous. Y est beau, hein?

— Y est beau, y est beau, on a répété, Max et moi, aussi décidés que deux tortues qui s'embarquent pour traverser Décarie.

— Ma mère m'a promis, quand je vais me faire opérer à Sainte-Justine cet été, qu'on ira voir Bono.

Les deux tortues se sont regardées : juin, c'est déjà dans quatre mois... Max a répété : « cent vingt jours », plus habitué à la comptabilité que moi. Puis on a rentré la tête dans notre carapace.

Bon, allez hop la belle, on a juste le temps pour notre rendez-vous de 14 h.

J'ai roulé lentement, dans le trafic où personne ne donne de chance à personne. J'en souhaitais pourtant une montagne, à mon amie Lucette, du courage aussi.

U2, c'était peut-être un gros show, mais un bien petit cadeau pour ce qu'aurait à endurer Lulu. J'ai mis une main sur sa petite patte qui n'arrêtait pas de se balancer, comme celle d'un métronome. Je gagerais n'importe quoi, les Rocheuses, qu'elle avait en tête la même toune que moi.

With or Without you...

Le temps a passé si vite ces derniers mois, entre nos gueuletons du dimanche, les centaines de cafés servis dans tous les coins de la ville, les offres d'achats qu'a reçues Max, les contrats de Pedro et l'enterrement de Bob. Il a menacé de poursuivre si on le faisait brûler. Pauvre Bob.

C'est le printemps sur le Plateau, les filles sont en jambes, les rabbins ont sorti leurs manteaux. Le proprio du condo veut vendre, ça me fait chier. Moins je lui démontre d'intérêt, plus il organise de visites. Je vais me faire avoir à force de jouer au chat et à la souris.

Max dit que s'il a son prix, il se débarrasse de Michou et il retourne pour Ubisoft à San Francisco.

Moi, je sais pas où je pourrais bien retourner... pas à l'hôpital en tout cas.

Elle est partie chez sa sœur pour le week-end. Réfléchir.

J'aime pas quand Monique dit qu'elle va réfléchir, j'aime pas non plus lorsqu'elle dit «bon matin», ça me fout ma journée sur le cul. Mais ça, c'est une autre histoire.

En attendant, je suis chez Réno-Dépôt, dans le hall d'entrée, devant un babillard. Un type imitateur d'Elvis s'annonce: «Pour vos partys de bureau, français, anglais, espagnol».

Ben dis donc, on appelle ça du service, le King lui-même se donnait pas tant de mal.

J'ai, dans la poche de ma veste, le cellulaire de merde que Pedro m'a offert et, pendant une fraction de seconde, je l'avoue, j'ai quasiment eu l'intention de l'utiliser pour appeler Monique.

«Résiste», me dit la petite voix intérieure, celle de droite. Celle de gauche raconte des conneries : «Tu l'aimes pas, Monique ? Pourquoi tu l'appellerais pas ?»

Vos gueules, toutes les deux !

Je suis assez grand pour ne pas savoir quoi faire, OK ! Et assez con pour le mettre à exécution.

S'il n'y avait pas tous ces numéros déjà en mémoire, dont le mien, dans cette plaie japonaise devant laquelle je demeure impuissant à programmer aussi bien qu'à déprogrammer, je le donnerais à la première pute venue. Je suis aussi habile à faire fonctionner un cellulaire qu'à manipuler une grue de démolition, c'est dire le danger pour les autres.

Et si Monique revenait lundi soir en disant :

— Faudrait qu'on se parle !

Bon, cesse de broyer du noir et essaie plutôt de retrouver Max dans ce Las Vegas de la rénovation. Tiens, le voilà qui s'amène.

— T'es allé voir les masses, mon Max, y en a des belles, hein ?

— Non, j'ai rien trouvé, viens, on s'en va.

Je sais pas s'il a remarqué que j'étais très très déçu de sa proposition. Je commençais juste à me sentir dans mon élément, moi. Je suis persuadé qu'encore une heure ou deux, je faisais les yeux fermés la différence entre un papier sablé de finition et un Cotonelle double épaisseur.

On roule dans le mini-van de son frère et on écoute du maxi-van : Van Halen, *Fair warning*. Un bon vieux vinyle copié sur CD par son frérot, avec les scratchs et tout. À l'époque où Eddy avait vraiment du génie, celle où il gagnait encore dix mille dollars par année, avant que l'héroïne ne l'écorche, avant que le cancer ne le bouffe.

Paraît que Zappa était allé le trouver back stage d'un club minable de L.A. pour le remercier d'avoir réinventé la guitare électrique, depuis Jimi. Eddy était trop imbibé de scotch pour reconnaître Zappa, l'avait pris pour un Égyptien qui voulait lui vendre une bagnole, quelque chose comme ça.

— Monique est partie réfléchir !

Il disait rien, j'ai baissé le volume et j'ai répété :

— Monique est p...

— Oui, j'avais compris.

— Ben pourquoi tu dis rien si t'as compris ?

— Tu veux je dise quoi ? Tu veux une réplique de merde ? Du genre : « Partie réfléchir à quoi ? »

Sacré philosophe, le Max. Il avait bien raison, je préférais qu'il ferme sa gueule, au fond. Après tout, ça s'était plutôt bien passé lorsqu'elle était allée tâter de l'ex. Alors pourquoi je m'en ferais avec ça, hum ?

Quoique avec l'ex, elle avait pas nécessairement réfléchi, alors que cette fois elle était avec sa sœur, et *ça*, c'est différent.

Remarquez, je n'insinue pas que sa sœur réfléchit, mais bon. Deux filles, une bouteille de rosé, des plans pour la retraite et hop, aux ordures le rémissionneur.

Ce sont des choses qui peuvent arriver!

— On est rendus!

— Hum...

On est immobilisés devant chez moi depuis je sais pas combien de temps, et depuis je sais pas combien de fois, Max me répète: «On est rendus!»

— Ça va aller?

— Je crois bien, oui.

J'ai pris la tête d'un amnésique.

— J'ai 45 ans, je travaille avec toi à servir des cafés, j'habite ici depuis quatre ans, mon père s'appelle...

— OK, OK, je voulais pas dire ça... je voulais juste m'assurer...

Je suis descendu, j'ai fermé la portière. Il allait démarrer quand je lui ai fait signe de s'arrêter.

— Dis, Max, euh... tu fais quoi ce soir?

— Sofia!

— C'est un bar?

— C'est la belle brunette dont je t'ai parlé.

— Oooouuui, OK, ah bon, ben, good.

Il allait repartir à nouveau lorsque je me suis mis à courir à côté du camion, comme un gamin paniqué à sa première journée d'école. Il s'est immobilisé encore une fois.

— Max, attends… attends un peu.

J'ai fouillé le fond de ma poche, j'ai trouvé la languette avec le numéro d'Elvis.

— Tiens, mon pote, et amusez-vous! Tu m'as bien dit qu'elle était espagnole?

— Dépêche-toi, ça va être bon!

J'aime quand Monique me fait ce genre de surprises qui n'en sont pas. Je sais que ce sera paella ou cassoulet. Étant donné la saison, ce sera paella. Je raccroche téléphone et tablier.

— Salut Max! Salut José! Ça te gêne pas que je te laisse seul avec lui, Max?

Il me répond du fond de la roulotte et le plus sérieusement du monde:

— Non, non, on a seulement un truc ou deux à rentrer.

— Je parlais pas de sexe, Max!

José fait semblant qu'il a pas compris, mais ça l'exxxxxcccciiiittte quand je dis des affaires de même.

J'ai pris le bus, mon vélo est à l'atelier jusqu'à vendredi. Trente longues minutes à écouter le baladeur du futur sourd sur le banc d'en face. Je me suis bientôt levé pour donner ma place à ce qui semblait être une p'tite vieille grecque. Je lui ai

153

offert ma place à trois reprises, en français, en anglais, en sourd-muet. Comme elle semblait déjà bouchée, je me suis dit qu'elle allait bien s'entendre avec le garçon d'en avant.

On n'en finit plus de s'arrêter et de repartir. À la patience que démontre notre chauffeur, je devine que ça doit être paella pour lui aussi, et que le plus tôt sera le mieux.

En vélo, je serais déjà à table. Je suis descendu deux arrêts avant, j'en pouvais plus, me suis dit qu'en marchant j'arriverais plus vite. J'ai acheté des fleurs pour Monique.

En arrivant devant chez elle, il y avait la petite voisine en tricycle, on aurait dit un film de Chaplin, elle portait une robe à fleurs avec des bottines brunes. Ses grands yeux se cachaient derrière des boucles de cheveux qui lui tombaient de partout.

— T'es belle, tu veux une fleur?

Elle est repartie avec son oiseau du paradis qui lui donnait beaucoup de mal à contrôler son bolide.

J'ai grimpé le long escalier en colimaçon. Aux trois quarts, je me suis effondré. Plus de jambes, fini. Je n'avais jamais vécu pareille chose avant aujourd'hui, même après trois cents kilomètres de vélo les pattes pleines d'acide lactique, jamais une chose pareille ne m'était arrivée. J'ai relevé la tête, en essayant de me soulever comme un vieillard. Monique était à la fenêtre à me regarder. Elle pleurait.

— Anne vient d'appeler !

Elle l'avait dit avec l'absence la plus totale de jalousie ou autre sentiment inutile et mesquin.

Je lui ai remis les fleurs écrabouillées, j'ai dit :

— Je vais louer une voiture pour demain.

— T'auras pas besoin d'aller à Matane, Lucette est rendue à Sainte-Justine.

Elle a pris ma grosse tête entre ses seins et j'ai pleuré comme une éponge.

J'entendais son cœur battre à toute vitesse. Peut-être le faisait-il pour nous deux, à bien y penser, parce que le mien ne semblait pas opérationnel pour le moment. J'étais crevé.

— Pourquoi que tu pleures ?

— Hein ! !

— Pourquoi que tu pleures !

J'ai cru un moment que Saint-Ex était venu à ma rescousse. La petite de tout à l'heure était montée me remercier.

— Je pleure… parce que, parce qu'une petite fille… comme toi…

Et je n'arrivais plus à articuler quoi que ce soit, ça prenait tout pour que j'arrive à respirer.

Doucement, j'ai passé ma main dans ses boucles, pour m'assurer qu'elle était bien réelle.

— Merci pour ta fleur, elle a dit.

Je l'ai regardée redescendre puis repartir sur le trottoir.

J'avais peut-être les yeux noyés de larmes, mais je pourrais le jurer : deux grandes ailes traînaient derrière le petit tricycle.

Le Dr Gilford a dit :

— La soirée... la nuit peut-être.

Je suis sorti de l'hôpital comme un fou qui se sauve de l'asile. J'ai sauté dans un taxi qui était déjà en marche devant l'urgence. Le chauffeur m'a lancé :

— D'habitude, c'est quand ils arrivent qu'ils sont pressés, rarement quand ils partent.

— U2.

— What do you mean ?

— Le stade, svp vite svp.

Le type me regardait dans son rétroviseur, il avait pas l'air trop rassuré, il aurait préféré faire demi-tour et me déposer là où il m'avait pris.

Ça roulait bien, pas trop de trafic, évidemment, le show était commencé depuis trente minutes. Je suis arrivé là-bas et aussitôt les scalpers ont essayé de me vendre un billet, j'ai crié :

— J'en ai deux, les gars.

La gentille hôtesse s'est offerte pour m'indiquer la route :

— Opposite side, Sir.

Je courais comme un débile dans la mauvaise direction, j'ai levé un bras dans l'espoir qu'elle comprenne que ça n'avait pas d'importance maintenant. J'ai dû faire un tiers du stade comme ça, j'entendais les gens gueuler à l'intérieur : j'avais plutôt la sensation d'être aux Olympiques que de courir à la rencontre de Bono. Puis j'ai commencé à ressentir la fatigue et l'épuisement, j'ai ralenti. Il y avait une ouverture sur ma gauche avec un gros black portant un écouteur dans l'oreille. Quand il m'a vu arriver, il a dit :

— Are you allright, Sir ?

— Tu parles que je suis allright, Bono, lui ?

Il ne s'est pas obstiné et m'a laissé entrer sans vérifier le numéro de mon siège, je le soupçonne d'écouter un match de baseball dans son écouteur. Un peu plus je lui demandais :

— Et les Astros, Big ?

J'entre dans le stade, c'est le choc, je suis au firmament du cellulaire, ça scintille de partout. Moi qui croyais voir des Bic allumés, je réalise que Nokia a pris le marché, je suis un vieux loser : ça m'apprendra à aller voir un show rock tous les vingt ans, le dernier, c'était les Jacksons et le Victory Tour.

L'autre est en état de grâce sur la scène : il parle de l'Afrique, du sida, de la famine, d'argent, et tous ont l'air d'entendre ça pour la première fois de leur existence. Bientôt ils vont léviter et s'envoler pour une autre galaxie où tout est propre, propre, propre et riche, heureusement le toit du stade est grand ouvert, vont pas avoir trop de problèmes à s'en aller. Mais avant, juste avant de partir, ils veulent éterniser cet instant et prennent simultanément des milliers de photos à l'aide de leur cellulaire.

Je sors le cadeau de Pedro et j'en fais autant : après tout, c'est pas tous les jours que Dieu passe par Montréal. Et puis j'ai promis, j'ai promis à Lucette de lui faire voir avant qu'elle ne le rencontre pour vrai.

Il est ici, Lucette, regarde, il a ses lunettes que tu aimes tant. Je lui parle en même temps, pour qu'elle sache que j'y suis pour vrai et qu'elle y est presque, elle aussi.

Puis le band commence l'intro de je sais plus trop quelle chanson, c'est trop loud anyway. Écoute ça, Lucette, c'est la meilleure, il l'a gardée juste pour toi, celle-là, attends, je m'approche, je vais me rendre jusqu'à lui, toi aussi, ainsi soit-il. J'arrive, Lucette, j'y suis presque. Et je me faufile au travers de cette faune en délire qui se tient un bras en l'air en agitant son portable sans trop faire attention à ce qui se trouve dans le champ de vision. Vont avoir des surprises lorsqu'ils vont visionner le tout : y a plus d'aisselles que n'importe quoi d'autre à portée de lentille.

On se rapproche, Lucette, tu vois, on y arrive. Je sais qu'au moment exact où je dis ces sottises, elle se rapproche plus vite que moi, la petite. Je m'accroche, regarde, je le touche presque, bientôt oui, là c'est sa main, ALLEZ, BONO! DONNE TA MAIN! Fils de pute.

Je grabe une main au hasard, n'importe laquelle, c'est pas le choix qui manque, on est quarante mille. ON L'A, LUCETTE, ON L'A. Attends-moi maintenant, attends-moi, j'arrive.

Et maintenant, faut m'extraire d'ici avant que le party finisse, sinon j'arrive pas avant demain. Je fonce comme la famille Hilton au complet les deux gants devant. Pif, Paf. Je, je, excusez-moi, je broie des orteils sur mon passage, je suis désolé, je… mais pas tant que ça finalement. Je rejoins le corridor, le gros black discute avec un confrère, j'ai envie de leur dire que je serai de retour pour la prochaine manche. Je trouve la sortie, re-taxi, fais un arrêt chez Jean Coutu où j'achète les lunettes les plus ridicules, pourvu qu'elles ressemblent à celles du chanteur, re-Sainte-Justine.

On dirait que j'ai repris des forces, c'est l'adrénaline. Je pue aussi.

L'infirmière quitte la chambre.

— Je peux entrer?

— Bien sûr, tout le monde est là.

Fuck, je sais ce que ça signifie, tout le monde.

Le Dr Gilford vient de terminer une injection, il donne de brèves directives à l'infirmière de nuit, ça semble pas être un plan à long terme. Anne est là, elle me regarde lorsque j'entre mais semble incapable de faire un pas dans ma direction. Richard est à ses côtés, catastrophé, les parents d'Anne sont assis dans les deux fauteuils de cuirette et semblent se demander comment c'est possible que Lucette parte avant eux.

— C'est comme un coma, laisse aller l'infirmière. Ça peut durer comme ça toute la nuit.

Tout le monde se concerte du regard; quelques instants plus tard, ils partent tous pour la cafétéria.

— Tu veux quelque chose?

— Non, merci, je reste.

Voilà, je suis seul avec le poussin maintenant.

Tu sais quoi, Lucette? On l'a eu, tiens, regarde. Je sors le portable, je lui fais voir un à un les extraits de Dieu sur la scène du stade. Regarde celle-là, je me rapprochais, attends, tu vas voir, Lucette, bientôt je lui dirai: «Hey, monsieur Bono, voudriez pas me donner vos lunettes, c'est pour Lucette, elle vous aime bien, Lucette, monsieur Bono.» Et tu sais ce qu'il a dit, Lucette, tu veux savoir ce qu'il a dit, Bono? Il a dit:

— Lucette from Matane?

— Oui, c'est bien elle.

Alors c'est à ce moment qu'il a saisi ma main, Lucette, regarde un peu, attends, là, la voilà, la photo, regarde ça, Lucette. C'est pas tout, en plus il a crié dans son micro, de ses deux poumons et de ses cent cinquante mille watts :

— Ladies and Gentlemen, hey Montreal ! Next song is for Lucette from Matane.

Et ils ont... fuck, je pleure, ils ont commencé ta chanson, Lucette, celle que tu aimes, laquelle ? Je sais pas, c'était bien trop fort, il voulait que tu l'entendes d'où tu es. Ici, à Sainte-Justine...

J'ai sorti les ridicules lunettes de plastique, je les ai enfilées sur le petit crâne de mon amie et je suis parti.

Les oreilles me sillaient encore lorsque j'ai quitté la chambre vide.

Surtout, t'as pas à t'en faire, Lucette, à la force qu'ils jouent, tu vas l'entendre jusqu'au paradis.

Les petits sandwiches multicolores terminés, j'ai quitté le sous-sol de l'église et j'ai raccompagné Anne jusqu'à la maison. Elle était bourrée, la pauvre. Elle ne ressentait plus rien.

J'ai ramassé mes choses.

— Je rentre à Montréal, Anne.

— T'es sûr ?

— ...

— Tu peux, tu peux rester à soir, pis partir pour... Matane... demain...

— …

— Voyons, que c'est je dis là, moé…

Je l'ai embrassée, elle n'a même pas essayé de se lever pour me regarder partir et m'envoyer la main de la fenêtre, comme elle le fait d'habitude. J'ai pris la route. Il faisait déjà noir tout partout, dans le cœur d'Anne aussi et dans le mien. J'ai roulé un temps, ouvert la fenêtre, cherché une station de radio, refermé la vitre. J'en pouvais plus, je pleurais trop, j'arrivais plus à voir la route devant, c'était pire que durant les grandes mers de mai.

Je me suis arrêté, j'ai coupé le contact et je suis descendu sur la grève. Le vent de juillet faisait du bien. J'ai pleuré à nouveau, aussi intensément qu'à la première occasion. C'était comme les spasmes d'une crise de foie ; on espère toujours le dernier, qu'on ne sera plus malade, qu'on pourra enfin dormir pour reprendre des forces, puis on étouffe à nouveau.

Plus rien à pleurer mais pleure pareil, la bile de l'âme.

J'ai pris du sable dans ma main, doucement je l'ai rendu à la plage comme nous avions rendu Lucette quelques heures plus tôt. Le sable n'a ni début, ni fin, lui. Cette pensée demeure pour l'instant ma seule et unique consolation.

Les larmes et le flash des astres me transportent sur la scène du stade, en plein concert, devant autant de cellulaires. J'en saisis un au hasard et je compose son numéro.

Je sais pas combien de temps la vie me fera tenir encore, à aimer, à lire, à boire des cappuccinos, simplement.

Je m'empresse de terminer la phrase, pour Gustave.

Sur le sable, j'écris : JE SUIS... EN RÉMISSION.

Les étoiles sont par milliers à briller, à m'observer et à faire leurs vœux. J'aimerais bien essayer à mon tour. Je peux?

Je souhaite... Je souhaite tellement qu'elle réponde!

— Allô, Monique, tu m'entends? Si on se mariait, tous les deux?

Pour toutes les Lucette de ce monde.

Pierre Gagnon

am*É*rica

PROTÉGEONS
NOS FORÊTS

Ce livre, couverture et intérieur, a été imprimé
sur du papier 100 % recyclé
sur les presses de l'imprimerie Gauvin, Hull, Québec,
en février 2007.